다행이다,
내가 더 사랑해서

다행이다, 내가 더 사랑해서

초판 1쇄 펴냄 2025년 2월 28일

지 은 이 고성만
펴 낸 이 김경희
펴 낸 곳 시인의일요일

표지·본문디자인 웁다
경영지원 양정열

출판등록 제2021-000085호
주 소 경기도 용인시 기흥구 연원로42번길 2
전 화 031-890-2004
팩 스 031-890-2005
전자우편 sundaypoet@naver.com
블 로 그 https://blog.naver.com/sundaypoet
YouTube 시인의일요일

ISBN 979-11-92732-24-4 (03810)

값 18,000원

고 성 만 에 세 이

다행이다,
내가 더 사랑해서

시인의일요일

글쓴이의 말

　김수영 시인은 말했다.

"시는 나의 닻이다."

나는 바꾸어 말해보려 한다.

"글은 나의 가로등이다."

어릴 적 자취할 때 좁은 골목 막다른 집에 거주했었다. 그 집엔 대략 네다섯 가구가 모여 살았는데, 그 집 앞에는 보안등이라 부르는 가로등이 있었다. 가로등 아래 어떤 연인은 입맞춤을 하고, 어떤 취객은 노상방뇨를 하고, 어떤 학생은 그 밑에 쪼그려 앉아 어머니를 기다렸다. 가로등은 빛을 나눠준다. 사람들은 그 빛을 받아들고 각자의 삶으로 돌아가 자기만의 등을 켠다.

　오늘 밤 또 기차 타고 달리다 보면 모두 잠든 새벽에 혼자 깨어 마을을 지키는 가로등을 만난다. 봄이면 민들레처럼 노란 갓을 쓴 채 새로 피어나는 꽃들을 비추고, 여름이면 솜털 같은 빗방울 모아 목마른 숨 적셔주고, 가을에는 바스락 물든 잎사귀 뒤에서 황금 관을 펼친다. 겨울에는 흰 나비 떼 같은 눈송이의 춤을 비추며 어두운 세상 환히 밝혀주는 가로등은 자동점멸장치가 멈추는 그날까지 성실하게 임무를 수행할 것이다.

정리를 마치고 나서야 지난날 내게 가장 소중한 것은 사랑이었고, 그 기록들이었다는 것을 알게 되었다. 항상 뒤늦게 깨닫는 것이 사랑이다. 어렵게 출판을 맡아주신 시인 의일요일 측에도 감사를 전하고, 표지 뒷글을 써준 제자 정희에게도 고마움을 전한다.

이제 다시 새로운 노트의 여백을 채워갈 차례다.

2025년 새봄에
고성만 씀

글쓴이의 말

1부 거절당하러 왔습니다

2부 눈이 내린 날의 안부

1부
거절당하러 왔습니다

연제호숫가에서

　도심 복판에 농업용수로 사용하던 호수가 있다. 옛날 이곳이 버스 종점 부근일 때 들른 기억이 있는데, 그때는 순 논밭이었다. 사람들 이야기로는 이 저수지에 많은 물고기가 살고 있다 했다.

　저수지 둑 옆에 커다란 공장이 있었다. 몇십 년 만에 연제호숫가로 돌아와 보니 연초제조창이 지금은 KT&G(케이티앤지)로 바뀐 채 여전히 그곳에 있었다.
　물론 그사이에 많은 것이 달라졌다. 이십 대 초반이었던 내 나이가 이순을 넘었고, 대도시가 통상 그렇듯이 호수 주변은 아파트단지로 둘러싸이다시피 하였다. 나도 그중 한 집에 입주하게 되어 호수 주변으로 돌아온 것이다.
　"호수 하나가 뭔 대수일까?"
　대수롭지 않았는데 갈수록 호수가 정다워지는 느낌이

다. 원래 농업용수 공급 역할을 하였던 호수는 지금은 그 기능을 상실하고 시민들의 산책과 운동 코스가 되었다. 그런데 놀랍게도 호수에는 아주 많은 생물체가 기대어 살고 있었다. 아마 자연 스스로 자정 능력과 지자체의 관리가 더해졌기 때문이라고 가만히 짐작해 본다.

연제호수에는 연이 자란다. 분홍빛 홍련이다. 겨울철에는 이전 해에 피었던 연의 줄기와 잎을 모두 제거하여 물이 그득한 호수로 변모했다가, 따뜻한 봄날 연이 새순을 틔우기 시작한다. 물론 뿌리는 원래대로 있을 것이기 때문에 연이 죽거나 사라질 염려는 거의 없다. 어른 가슴 높이 정도의 물속에서 싹을 틔운 연은 사 오월쯤 되어야 물 밖으로 싹을 내민다. 아기 손바닥처럼 귀엽고 가는 순들이 펴지면서 어른 얼굴만 한 크기의 잎사귀가 되고 처녀의 엉덩이 넓이, 총각의 어깨너비만큼 펴진다. 꽃은 잎이 다 펴졌다 싶은 순간에 한두 송이 피기 시작한다. 칠월이 되어야 만개하던 연이 요즘에는 장마 끝날 무렵인 유월 말경부터 당겨 피기 시작하는 것을 보면 기후변화를 증명하는 듯하다. 덕분에 기나긴 우기 동안 우울한 마음을 위로해 준다.

연이 우리에게 주는 것은 참으로 많다. 아름다운 자태로 인해 정신적으로 위로해 주며 원만한 미소로 인해 충족감을 채워주고 남녀노소 인종을 불문하고 사랑하는 마음을 부어준다. 연이 만개할 시점에서 호수 주변 인물들의 구성이 한층 다양해진다. 벚꽃 필 무렵에는 어린이, 청소년들이 많은 것을 발견할 수 있고 벚꽃과 함께 복숭아꽃 등이 피어날 적엔 어디서 나타났는지 데이트족들이 눈에 많이 띈다. 그들은 장미가 피는 4월 말경에 절정을 이룬다. 제법 화원을 이룬 장미는 이곳이 아름다운 정원임을 일깨운다. 계절 별로 수많은 꽃이 그것을 증명한다.

나는 밤의 문턱을 베고 누워
쌀국수 다발같이 쏟아지는 빗소리
듣는다 여자가 흑흑 흐느낀다
남편이 다쳤다고 이제 어떻게 사냐고
나는 꿈속에서 낯선 지형 숙지하듯
여자를 탐색한다 허벅지에
검은 반점이 있을지도 모르는 일
아직 피어나지 못한 봉오리쯤 여기기로 했다
여자는 냇가 둑이 터지기 직전
종점 부근 주점에서
내가 기다리는 줄도 모르고

막차를 타고 떠났다가 주전자의 물이 증발할 때
저수지처럼 마른 얼굴로 돌아왔다
　　　- 졸시, 「몬순 여자 눈사람」 부분

　언제나 변함없는 것 같이 잔잔한 호숫가를 거닐면서 많
은 생각을 한다. 생각과 동시에 관찰한다는 표현이 더 적
절하다. 우리나라 사람들이 활보하던 자리에 외국인들이
들어왔다. 쌀국수처럼 비가 쏟아지던 날 늙은 남자를 따
라 들어온 베트남 여자는 잘사는가 했더니 냇가 둑이 터지
기 직전 사라졌다. 흔한 일이다. 그녀들은 우리나라에 오
기 위해 결혼을 선택한 것이다. 호수는 흐린 얼굴이다. 문
을 닫은 가게 자리에 새로운 가게가 문을 열었다. 여러 잡
동사니 과일 등을 파는 트럭이 와서 진을 치고 가끔은 뻥
튀기 장수가 들르기도 하였으며, 로또복권을 파는 편의점
은 항상 붐볐다. 어느 날 저녁 어둑어둑해질 때 호수 옆 도
로를 지나가는데
　"아, 으아악!"
　단말마적 외침이었다. 길 건너 카센터 쪽인 듯했다.

　나는 먼발치에서 우산을 쓰고 그쪽을 보려고 애썼다. 잠
시 후 한 사람이 나오더니 급하게 왔다 갔다 하는 모습이

보이고 119구급차 도착하는 소리가 들렸다. 구급대원들이 들것을 들고 들어가는 모습을 본 후에도 나는 원래 걷던 산책로를 그대로 걸어갔다.

"내가 뭘 본 거지?"

순간 소름이 끼치면서 나의 무신경에 화가 나기 시작했다. 사람이 다쳐서 비명을 질렀으면 응당 길을 건너 가게로 가서 도와줬어야 하는 것 아닌가. 나는 그냥 남 일처럼 지켜만 보다 떠나버리다니! 내가 간 것과 안 간 것의 차이가 별로 없다 하더라도 이웃이 위험에 빠졌으면 응당 도우려고 노력해야 했는데, 만약 나 또는 우리 가족이 이런 일을 당했을 때, 내가 위험에 빠져 누군가의 도움이 필요로 한 경우라면? 별의별 핑계의 말들이 머리를 맴돌았다.

나의 반성과 상관없이 호수는 항상 잔잔하다. 그리 넓지 않은 곳이므로 가장 큰 반원으로 산책을 하더라도 한 바퀴 도는데 이십 분이면 된다. 호숫가에는 사시사철 꽃이 핀다. 민들레 자두 꽃사과 국화 코스모스 백일홍. 호숫가에는 여러 종류의 새들이 찾아온다. 부리가 큰 왜가리, 회색빛 털과 머리에 잿빛 반점이 있는 해오라기, 검은색의 청둥오리, 잿빛의 논병아리, 아주 드물게는 수려한 자태의 백로도 찾아온다. 호수 주변 산책로에는 전동차에 탄 노인, 휠

체어 탄 환자, 달리기하는 청년, 훌라후프를 돌리는 아주머니, 이웃끼리 큰소리로 인사를 나누는 이웃들이 등장한다.

어디론가 떠났던 베트남 여자가 돌아왔다. 아무 일도 없었다는 듯이.

겨울밤 사랑가 듣기

또 한 해가 저물어 갑니다. 어느 늙수그레한 사람이 둥글게 말린 달력을 끼고 한껏 웅크린 채 걸어갑니다. 농협인지 새마을금고인지 포장지에 찍힌 상표가 보일 듯 말 듯 그의 등 뒤로 휑하니 찬 바람 불어 떨어진 나뭇잎들이 눈처럼 날아올랐다가 흩어집니다. 나뭇잎은 이리저리 구르다가 헐벗은 나무의 밑동을 덮습니다.

"나는 무엇을 하였을까?"

돌아보면 하릴없이 마음만 바빠 투정 부리듯 털털거리는 나를 데리고 지난 계절을 돌아봅니다. 도화 아래서 전생을 들여다보았고 굽이진 강변 어귀 어디쯤 연두 같은 그대를 만나 한나절 놀기도 하였지만 이내 밀려오는 녹음, 검정 빛깔 속 절망을 엿보기도 하였지요. 매미는 묵지근한 하늘을 꿰뚫고 하늘로 치솟아 올라 태양 가까이 울음을 터트렸던가 봅니다. 그럼 나는 끊임없이 달려오는 파랑의 물결을 타고 건너섬까지 흘러 들어가 희뿌옇게 밝아오는 새벽의 볕뉘를 맞이하기도 하였던 것입니다.

귀뚜라미 우는 현관, 뒤뜰로 향하는 길에 섭니다. 만화 방창 기화요초 이지러진 자리 온 산이 불붙듯 타오르는 단풍을 보면서
"이리 오너라 업고 노자"
사랑가를 듣습니다. 이 무슨 한량의 짓인지 지는 꽃을 보며 소리를 듣는 귀가 깊어 갑니다. 잎 떨군 단풍나무 아래 울어 목이 쉰 뱀들이 사라진 후 콧구멍을 발신발신 빨간 눈의 토끼가 깊은 겨우살이에 접어드는 입동 무렵 김장 무 배추 수확은 끝났는지 월동 준비 다 하였는지 아내를 장사 지내고 빈방에 들어와 통곡하는 심봉사처럼 스르렁 실근실근 식삭식삭 톱질에 배가 불러왔겠지요.
소설小雪 넘어가면 싸락눈이 흩날립니다.

남원 운봉
함양 동강
그 어느 오솔길
백설만 펄펄……

날이 춥군요. 눈도 오고요. 이런 날 나는 주렁주렁 새끼 돼지 그림이 걸린 이발소 집 창문에 붙어 검은 코트 긴 목도리에 싸인 채 버스에서 내려오는 단발머리 소녀를 기다리고 있습니다. 방망이질하는 가슴으로 뽀얀 수증기에 썼던 이름을 지우고 쓰고 다시 지우던 겨울, 소녀는 버스에서 내려 소복소복 쌓인 눈길을 걸어 집으로 들어가고 나는 들판에 늘어선 전봇대 따라 어디론가 떠나고 싶었던 시절.

강변 지나 기러기 닮은 섬들 따라가면 어느 모퉁이에선가 문득, 눈사람을 만납니다. 눈사람은 만든 사람의 바람을 안고 차디차게 얼어버린 별빛 아래 서 있습니다. 솔가지 꺾어다가 붙여놓은 눈썹이랑 삽날 찔러 넣은 배꼽, 오뉘처럼 연인처럼 다정하게 마주 보고 서 있습니다. 가까이 가고 싶어도 갈 수 없는 거리에 얼어붙어, 해가 뜨면 녹아버리는 비극 속, 몸 없이 마음으로 사는 것이 얼마나 슬픈 일인가를 깨닫습니다.

겨울 햇살은 강아지같이 다가옵니다. 품에 꼭 안으면 쌔근쌔근 숨 쉬는 당신, 아직 난로에 불 지필 시간이 되지 않았는데 서둘러 가버리는 당신, 가만 불러봅니다. 입 밖에 내는 순간 녹아버릴까 봐 살살 굴려봅니다.

햇살, 햇살, 햇살,

한겨울에도 파란 싹을 틔우는 당신, 부르면 등에 와서 사느라 고생이 많지 토닥토닥 두드려 주시는 당신, 당신 같은 겨울 햇살.

"휴우, 밤은 왜 또 그렇게 긴지"

감나무 끝에는 홍시 한두 개 까치밥으로 매달려 있고 밤새 내내 매섭게 부는 바람 소리 따라 바가지인지 개밥그릇인지 굴러다니는 소리, 밖이 걱정스러운 어머니께서 둘러 준 낡은 내복을 입으로 물어뜯으며 제집 바닥에 잔뜩 몸을 웅크리고 잠이 드는 개. 무언가 바스락거리는 소리가 나면 제풀에 컹컹 짖어댑니다. 개가 짖는 쪽 하늘에 예리하게 벼려진 초승달이 뜹니다.

크리스마스다 송년이다 신년이다 해서 겨울엔 선물을 주고받기 좋은 계절입니다. 색색의 포장지에 싸인 카드며 장갑 목도리 목걸이 반지 예쁘게 포장한 선물을 우체국으로 가지고 가지요. 선물 부치는 사람을 보면 선물 받을 사람의 얼굴을 그려봅니다. 선물을 보내기까지 선물 받을 사람에 대해 많은 상상을 하였겠지요. 누군가의 손에 새 장갑 낀 모습, 목도리로 멋을 낸 모습을 그리며 어떻게 주는 것이 가장 멋질 것인가를 고민하다가 우편으로 보내기로 결심하였을 겁니다.

길거리에서, 버스 안에서, 꽃다발을 든 남자를 만났을 때, 그는 참 행복해 보입니다. 꽃을 들고 종종걸음치는 여자를 볼 때 마음이 훈훈해집니다. 새해에는 나도 받을 생각만 하지 않고 누군가에게 선물을 줄 생각을 하면서 살아야겠다는 생각이 듭니다. 결혼 전 마음을 얻기 위해 선사했던 목걸이를 아직도 즐겨 차는 아내에게 새로운 목걸이 하나 사다 주고 싶고, 스키장에 가고 싶어 하는 아이들에게 스키 장갑을, 맛있는 거 사달라고 조르는 학생들에게는 단팥이 든 빵을 사주고 싶습니다.

겨울밤엔 꿈꾸기에 적당합니다. 온갖 어지러운 꿈이 채 끝나기도 전 해일처럼 밀려온 동장군의 나날 두꺼운 솜이불 아래 깊이깊이 잠들기 좋은 때입니다.

"혹시 또 압니까?"

어느 거리 어느 길목에선가 이발소 창문에 붙어 숱하게 이름을 썼다 지웠던 그 소녀를 우연히 만나게 될지. 그 소녀는 이미 중년 여인이 되었을지라도, 그 소녀가 낳은 소녀들이 거리를 가득 메울 테니까 말입니다.

오늘도 걷는다, 마는

어느 날 하루는 어깨 위에 내려앉은 눈송이와 함께 걸었고 어느 날 하루는 물에 비친 그림자를 보며 걸었다. 오랫동안 부잣집의 청지기로 근무하다 회계를 잘못하여 주인마님의 눈 밖에 난 서생처럼 나는 걷기 시작했다. 어떤 굳은 결심이 있었던 것도 아니다. 태어날 때부터 걸으라고 내게 부여된 두 다리를 움직였더니 걸음이 가능했다.

처음에는,
집에서 직장까지 왕복 한 시간 정도를 걸었고, 조금 더 있다가는 야트막한 뒷산을 걸었다. 걷다 지치면 집으로 돌아오고, 돌아오는 길에 막걸리를 한 병 산다. 마트 주인은 막걸리를 꼭 검은 봉지에 담아준다. 안심하고 병을 흔들면서 집으로 돌아와 커다란 대접에 따른 후 쭉~ 들이킨다.
비 내리는 섬진강을 걸었고, 바람 부는 영산강을 걸었다.

샤스타데이지가 피는 변산반도 마실길을 걸었고, 다랭이논이 있는 남해 바래길을 걸었다. 백양사 내소사 내장사 선암사 송광사 불회사 운주사 선운사 태안사 등등 절로 가는 길을 걸었다. 걷다 지쳐서 잠이 들었다:

매번 걸을 때마다 느끼는 거지만 처음 사십 분 정도가 고역이다. 마음은 벌써 한 시간 너머에 있는데, 발은 터벅터벅 낙타 흉내를 내고 있으니 눈이 게으른 탓이다. 중도에 그만두고 싶다. 하지만 아직까지 반응이 오지 않았다. 근육은 딱딱하고, 발바닥은 무덤덤하다. 정신은 산만하고, 뱃속은 더부룩하고, 다시 마음을 다잡는다. 한 시간이 지나면 반응이 온다. 조금 지쳤다는 뜻이다. 이제 슬슬 앉을 자리를 찾는다. 그래도 앉지 않는다. 한 시간 반이 지나면서 몸이 즐겁게 반응한다. 노래를 부른다. <봄날은 간다>를 흥얼거린다.

연분홍 치마가 봄바람에 흩날리더라 오늘도 옷고름 씹어가며 산제비 넘나드는 성황당 길에 꽃이 피면 같이 웃고 꽃이 지면 같이 울던 알뜰한 그 맹세에 봄날은 간다

다음은 <대전부루스>를 부른다. "잘 있거라 나는 간다

이별의 말도 없이" 그다음은 <나그네 설움> "오늘도 걷는 다마는 정처 없는 이 발길 지나온 자욱마다 눈물 고였다" <임을 위한 행진곡>을 부른다. "사랑도 명예도 이름도 남김없이 한평생 나가자던 뜨거운 맹세 동지는 간데없고 깃발만 나부껴 새날이 올 때까지 흔들리지 말자" 마지막엔 나중엔 군가를 부른다.

동이 트는 새벽꿈에 고향을 본 후 외투 입고 투구 쓰면 맘이 새로워 거뜬히 총을 메고 나서는 아침 눈 들어 눈을 들어 앞을 보면서 물도 맑고 산도 고운 이 강산 위에 서광을 비추고자 행군이라네

봄엔 봄의 노래를 여름엔 여름의 노래를 가을엔 가을의 노래를 겨울엔 겨울의 노래를 부르고 싶지만 아는 노래가 별로 없다. 다음에는 더 많은 노래의 가사를 외워야겠다고 다짐한다. 살아가면서 어쩌다 한 번씩 일상의 탈출을 시도한다.

강은 시야가 탁 트이고 마음을 편하게 해준다는 장점이 있지만 그늘이 없다는 단점이 있다. 강을 걷기 힘든 계절

에는 산으로 진출한다. 무등산 옛길 1구간 '무진고성동문지~청풍쉼터~옛주막터~원효사'까지 걷다 보면 내가 흡사 도붓장수가 된 기분이다. 헐거워진 짚신 혹은 가죽신을 끌고 가다 찔레 그늘에서 깜박 잠이 들었는데, 소복한 여인과 함께 밤을 보내는 그런 상상. 1구간에 이어 2구간, '원효사~서석대~입석대' 코스로 간다. 주상절리의 바위가 여인의 치마폭처럼 펼쳐져 있다. 말 그대로 천연기념물이라 저절로 감탄이 나온다.

이번엔 지리산 둘레길로 진출한다. '운봉읍~비전마을~흥부골자연휴양림~인월'까지 운봉들녘을 따라 지리산 서북 능선과 백두대간을 조망하며 호쾌하게 걷는다. 송흥록 생가에 이르러 다리를 풀고 쉰다. 가을에 붉게 타오르던 비전마을 황산대첩비를 둘러싼 숲이 연두로 부풀어 오른다. '운봉~서어나무숲~노치마을 회덕마을~구룡치 솔정자~주천' 구간 중 특히 구룡치와 솔정자를 잇는 소나무길은 일품이다.

걷는 동안 나는 대개 홀로이다. 누구와 같이 가면 번거롭고, 이것저것 사정을 고려해야 하기 때문에 나 혼자 간다. 가는 동안 별의별 생각을 다 한다. 인적 없는 산길은 구름 위를 걷는 기분이다. 발바닥이 뜨거워지면서 뭔가 타는 냄새가 난다. 뇌의 명령을 받지 않는 다리는 자동 왕복 운동, 갑자기 아무 생각 없이 걷고 있는 나를 발견한다. 오직 길 끝에 도착하여 쉬는 것이 목적이다. 나는 길과 하나가 되는 중이다.

갑자기 시가 떠오른다. 배고픔처럼, 그리움처럼, 시에게 나는 정직해지고 싶다. 내가 정말 말하고 싶었던 무엇이었던가. 사랑에 대해, 인생에 대해, 아름다움에 대해, 고백하고 싶다. 나의 말을 누군가 듣고 있는 것 같아 마주 오는 여자에게 슬쩍 미소를 보낸다. 여자의 육감적 몸매가 눈에 들어온다. 말을 건네는 척하며 다가가 껴안고 입을 맞추면 어떻게 될까.

농약 가게 빵집 우체국 펜션 교회를 지날 때마다 배낭 속 물컵이 딸랑거린다. 쏟아지는 비를 피해 들어간 버스 정류장에서 마주친 사내는 길 위에서 생을 끝마칠 거라 했다. 국도를 달리는 차들이 아슬아슬 비켜 가고 몇 장의 고지서 청첩장 부고가 날아와 쌓이는 동안 바다로 향하는 강엔 기러기 울음소리 산으로 다가가는 마을엔 마른 연기 자국 뻐꾹채 쑥부쟁이 벌개미취 비로용담 천남성 백리향 하늘말나리 만나러 오늘도 걷는다, 마는.

튀르키예 풍의 카페에 간다

슬리퍼 끌고 집 앞 카페에 간다. 카페 이름은 '양산동', 있는 듯 없는 듯 골목 지키고 있다. 거기에 작은 카페가 생긴 줄은 알았지만 가보게 된 것은 그리 오래되지는 않았다. 한 번 간 뒤로는 가끔 가게 되어 빵모자를 멋지게 눌러 쓴 그 집 사장님과도 안면을 트게 되었다.

카페 앞쪽에는 황금색과 은색이 섞인 독특한 외양의 꽤 커다란 기계가 놓여있다. 거기에 낯선 글씨가 붙어있다.

"저게 뭐죠?"

"아, 저 기계요?

"뭐라고 씌어 있는데요?

"튀르키예 문자인 것 같아요."

'튀르키예'라는 말을 듣는 순간 갑자기 보스포루스 해협의 푸른 바다가 출렁이는 느낌을 받는다.

"무슨 뜻이죠?"

"상표 이름인 듯, 뜻은 잘 모르겠어요."

사장님은 '하스가란티'라 알려주셨다. 하스가란티는 튀르키예산 커피 볶는 기계의 이름이라 한다. 그 이름을 부르는 순간 이스탄불 뒷골목 시장이 펼쳐지고 무슬림의 말소리가 울려 퍼지며, 성소피아 성당이 보이는 것 같았다. 튀르키예의 기골이 장대하며 잘생긴 남자들과 서양과 동양이 절묘하게 섞인 미녀들이 왁자지껄 몰려오는 것 같았다.

그날 이후로 나는 그 가게를 튀르키예 카페로 부르기 시작했다.

"참 멋있어요."

"감사합니다."

내가 칭찬을 건네자 사장님도 사랑스런 눈길로 기계를 쓰다듬는다. 그 기계를 보고 나도 내가 떠나온 바다를 떠올리게 되었다.

자기 살던 문화권을 떠나 다른 문화권으로 가는 것이 '디아스포라'지만, 나에게는 고향을 떠나 낯선 도시로 가는 것이 디아스포라였다. 나는 연을 날리다 줄이 끊어져도 바다에 닿지 않는 우리 동네 앞들이 세상에서 가장 넓은 들판인 줄만 알고 자랐고, 세상의 구성원이 전부 우리 마을 사람들과 같은 줄만 알고 살았다. 그들은 정겨웠고 부지런했고 시끄러웠다. 남자들은 마흔을 넘기기가 무섭게 쓰러져 세상을 등졌고, 여자들은 여러 가지 병으로 시름시름 앓았다. 다들 험한 물굽이의 행로에서, 산으로 바다로 생계를 위해 파고를 헤쳐 넘었다.

　내게도 세상은 거친 물굽이와 같았다. 어릴 적 고향을 떠나 정착한 도시, 한 귀퉁이 내 자리를 얻으려고 버둥거렸다. 어찌어찌 직장을 잡아 아내를 만났고 아들 둘을 낳았다. 앞으로만 나가던 삶에 커다란 변화가 생겼다. 이젠 직장을 그만두었고, 아이들은 출가했고, 아내는 일하러 나간다. 홀로 남겨진 시간, 지금은 어둠인가, 빛인가, 되물어 본다.

　나이가 들면 저절로 세상 이치를 깨달을 줄 알았다. 실제 '나이 듦'은 병과 함께 찾아왔다. 명시할 수는 없으나 온갖 질병들이 고개를 내밀며 나를 위협할 태세다. 하기야 육십 년을 넘게 썼으니 고장 수리를 요구하는 것도 이상하지 않다. 심리적으로 가장 큰 위협은 '불면'이다. 원인은 참으로 다양하다. 내게는 사십 대부터 앞날에 대한 걱정이 미리 와서 쌓이는 조급증이 있었다. 일이건, 글쓰기건, 잘해야겠다는 강박관념 때문이 아닌가 짐작된다. 한 번 생각에 빠져들면 쉽게 잠을 이룰 수가 없었다. 잠을 이룰 수 없으므로 잠을 못 자고, 잠을 못 잤으므로 잠을 이룰 수 없는 잠의 악순환이 계속되었다.

소소한 일상이다. 그랬다. 나는 이런 생활을 그리워했다. 원하는 대로 시간을 요리할 수 있는 삶. "짧고 굵게 살리라!" 다짐하던 날이 있었다. 연애 그리움 문학 흡연 음주 유희 모험 여행 도전 성취…… 원하던 가치를 이루기 위해 폭풍처럼 누리다 때가 되면 홀연히 사라져야지 마음먹었다. 그러나 일상은 사라지지도 덧생기지도 않는다. 마음은 열정에 머무르지만 몸은 스트레스에 노출된다. 어쩔 수 없이 '절제'를 다짐하고 또 다짐하고, '속 시끄러운 일'은 가급적 지양, 물처럼 고요한 평화를 지향한다.

저 기계도 그랬을 것이다.

아침 뒷산에서 뜬 해가 저녁 바다로 지는 것을 바라보듯 땀을 뻘뻘 흘리며 힘껏 일을 하였을 것이다. 거세게 밀려드는 과업을 수행하다가 어느덧 이 동네의 골목에 고즈넉하게 놓이게 되었을 것이다. 나처럼 할 일 없는 사람의 눈에 띄기 딱 알맞은 자세로, 있는지 없는지 잘 모르는 존재로, 묵묵히 자기 자리를 지키게 되었으며,

앞으로도 그럴 것이다.

"어디 다녀오세요?"

오다가다 들를 때마다 사장님은 은은한 빛깔의 커피를 내놓는다. 비록 언젠가 고장이 나서 고철로 팔려나갈지라도 이 소박한 카페가 문을 닫지 않는 한 기계는 자신에게 주어진 일을 충실히 수행할 것이다. 사장님의 사랑을 듬뿍 받으며 굳건히 존재할 것이다.

비 올 듯 흐린 날 골목을 지나다가 문득 고개 들어 주위를 살핀다. 사방이 고소하다. 커피 볶는 냄새로 가득 찼다.

"장차 내가 가야 할 곳이 어디인가,"

바람에게 그 길을 묻는다.

<라라의 테마>*를 들으며

편지라는 정서도 참 고전적인 것이지요. 보내고 며칠 동안 무사히 달려가기를 빌던 마음, 답장이 오기까지 고대하는 시간은 이스트 넣은 빵처럼 부풀었지요. 오랜만에 그곳으로 돌아가 볼까 합니다.

라라, 당신은 그때 이십 대 중반이었는데 지금은 몇 살인가요.

침엽수림을 쓸고 지나가는 웅장한 바람. 남편은 벌목공이라 했나요? 전기기술자라 했나요? 추위에 다치지는 않았는지. 막내도 많이 컸겠군요.

내 머리카락에도 흰 눈이 내리고 있답니다. 벌써 삼십 년도 더 지났는데 함께 하고 싶었지만 끝내 당신과 하지 못했던 시간들이 시계추 지나간 자리처럼 비어있어요. 당신은 당신 아이들 손을 잡고, 나는 내 아이들 손을 잡고 사거리 교차로 혹은 기차 안 혹은 터미널 입구 이런 곳에서 우연히 스치기도 했겠지요.

기억납니다.
매일 아침 고소한 냄새 풍기던 빵집
가로에 붉게 익은
쥐똥나무 열매들

오래된 담장과 담장 안의 집들이 떠오릅니다. 항상 고즈넉한 정적에 둘러싸여 있다가 이따금 시외버스가 내려놓은 이방인이 등장할 즈음에서야 물결처럼 술렁였지요.

맑은 물이 흐르는 시냇가 특별할 것 없는 작은 동네 모퉁이에 아담한 집. 우리 소유는 아니었지만 아늑했던 방 아지트 비키니 옷장이라 불리는 작은 장롱 겸 옷걸이가 있고 알록달록 놓인 그릇들. 소꿉장난 같은 살림살이들. 가끔 난로의 불이 꺼질 때는 바닥에 엎드리다시피 바람을 불어대며 매운 연기 자락에 눈물을 흘리며 운 것처럼 빨개진 당신 눈을 보고 토끼라고 놀리기도 했던 집. 참새 방앗간에 들락거리듯 야금야금 사 가지고 와서 먹던 오징어튀김 순댓국.

그땐 왜 그렇게 눈도 많이 오고 추웠을까요? 생업을 핑계로 나는 그곳을 떠났고 당신은 그곳에 남았지요. 한 번 떠나간 곳으로 다시 돌아갈 수 없게 되었습니다. 아 그때의 막막함이란, 당신을 마지막으로 본 장면이 생각납니다. 고개를 푹 수그린 채 터벅터벅 걸어가던 낯익은 스웨터의 뒷모습. 당신과 반대로 불어가는 바람에 몸을 맡겨야만 했던 순간 이후 끊임없이 후회했지만 돌이킬 수 없었어요.

한번 만나자는 편지도 여러 번 썼다가 찢어버렸어요. 많이 힘들었냐고, 아프지는 않았냐고, 사과하고 싶다고 썼지만 끝내 전해주지도, 전해 받지도 못했습니다.

아이의 사진이 있으면 부쳐달라고
단 것을 좋아하는 입맛도
똑같은지
무심코 건네려던 말도
그만두었습니다.

일요일엔 예배당에 가시나요? 언덕 위에서 멀리멀리 퍼지던 종소리처럼 가끔 내 생각도 하시나요? 복슬복슬한 털실 뭉치들이 담긴 바구니 옆에 놓고 따스한 햇살이 드는 창가에 앉아 있는가요? 뜨개바늘로 산과 산 사이 뻗어간 길 주변 전봇대 자전거를 타고 한가로이 오가는 사람들을 담고 있으려나. 방금 학교에서 돌아온 아이를 부르고 있으려나. 잔잔한 음성이 귓전을 맴돕니다.

음악을 듣습니다. 노란 수선화가 핀 배경에서 당신은 그새 눈부신 설원으로 달려가고 있군요. 놀랍게도 인생은 비극이랍니다. 만나면 결국 헤어지게 되어있고, 평생 그리워하는 곳으로 다시 돌아갈 수 없기 때문입니다.

오늘도 그곳으로 편지를 씁니다. 보내지도 받지도 못할 편지를. 잊지 않기 위해서 잊어버리기 위해 노력합니다.

* 영화 <닥터 지바고>의 주제가

강은 물기 젖은 별을 반짝인다

마음속에 시의 스승 두 분이 계신다.

내가 강인한 시인을 처음 만난 것은 대학 2학년 때였다. 나는 습작을 하는 시인 지망생이었고, 시인은 고등학교 교사였다. 나는 시인의 시에 이유 없이 끌렸다. 깨끗하고 가지런한 시 세계가 좋았고, 특히 그 무렵 발간한 제3 시집 『전라도 시인』은 드물게 신선한 감각의 시집이었다. 장석주의 해설, 카피라이터 이만재의 발문도 새로웠을 뿐 아니라, 시인과 시인 가족 주변의 풍경이 아주 잘 어우러진 책이었다. 그 시집에서 「슬라브지붕에서 바라본 지중해」, 「대문에 태극기를 달고 싶은 날」, 「냉장고를 노래함」과 같은 시를 본 기억이 나는데, 시인 가족이 힘들여 마련한 집과 관련된 시편들이 아니었나 짐작된다. 소박하고도 따뜻했다. 일간지에도 여러 번 광고가 실렸던 기억이 나고,

독자들의 호응도 좋았던 듯하다. 그 무렵 광주는 죽음의 냄새로 뒤덮인 음울한 도시였다. 비극의 땅에 새로 돋아나는 씨앗처럼, 강인한은 시에서 희망을 발견하고 싶었는지도 모른다.

강인한 시인이 쓴 「팬지꽃」은 사실상 5월의 광주를 상징한다. 80년대 초에 나는 차마 이 시를 읽을 수가 없었다. 시인이 얼마나 가슴이 아팠으면 이 작은 꽃에다가 '벌거벗은 울음빛', '벙어리 시늉'을 담았겠는가. 그때 마침 대학교 교지 편집을 맡고 있던 나는 강인한의 시를 소개하는 코너를 만든다는 명분으로 평소 존경하던 시인이 근무하는 살레시오 고등학교에 찾아갔다. 몇 권의 교과서와 참고 서적이 있는 학기말? 학기초? 다소 어수선한 분위기의 나무 책상이 있는 교무실에서 짧으나마 만남의 시간을 가졌다. 40대의 시인은 생각보다 훨씬 수수한 옷차림, 말수도 많지 않았으며, 무척 친절한 분이었고, 선량한 눈빛이 어렴풋이 기억난다. 나와의 첫 번째 짧은 만남은 그것으로 끝이었다. 내가 얼마 안 있어 군에 입대했기 때문이다.

치열하게 습작을 하고도, 신춘문예와 문예지 최종에서 번번이 미끄러진 나는 제대하여 고등학교에서 교편생활 시작하였다. 그동안 중단하였던 시 작업을 재개했는데, 어떨 때는 일주일에 한 편, 어떨 때는 이삼일에 한 편 시를 썼다. 쏟아지는 시에 대한 평을 듣고 싶어 하던 차에 강인한 시인이 근처에 계신다는 사실을 알게 되었다. 시인이 근무하던 고등학교는 걸어서 이십 분 정도의 거리에 있었다. 간간이 시인의 시를 읽었던 터라 학교로 안부 전화를 걸었다. 옛날 찾아뵈었던 일은 기억하지 못하셨지만, 시를 가지고 "다시 뵙고 싶습니다."라는 말엔 흔쾌히 허락하셨고, 자주 시간을 내주셨다. 그로부터 나는 시의 '과외교사' 한 분을 모시게 되었다. 덜된 부분, 좋은 부분을 일일이 지적해 주셨는데, 1998년 초여름 "고 선생은 이제 등단할 수 있겠어요."라는 말씀이 떨어지자마자, 「섬, 검은 옷의 수도자」외 4편의 시로 『동서문학』 신인상을 받게 되어 문단에 나서게 되었다.

강인한 시인께서는 지금도 가끔 연락을 주신다. 나는 시인의 시가 좋다. 좋은데 이유가 있으랴마는 시어를 고르는 치열성이 좋고, 선명하게 떠오르는 이미지가 좋다. 불의한 시대에 대한 통찰을 통해, 날카로운 문제의식으로 촌철살인하는 비판 정신이 부럽고 닮고 싶다.

또 한 분의 스승이 계신다.

나는 이천 년대 초반 무렵 범대순 시인을 만났다. 범대순 시인은 <원탁시>를 만든 창립동인으로 이미 시에 일가를 이룬 분이셨다. 1965년 시집 『흑인 고수 루이의 북』이라는 시집으로 등단하고, 1997년 '한국시인협회상'을 수상한 범대순 시인이 활동 중이던 <원탁시>에 들어갔다. 하지만 나는 <원탁시>에 그리 오래 머물지 못하고 동인 활동을 접게 되었다. 비록 동인 활동은 접었지만, 범대순 시인과 강인한 시인과 나, 이렇게 셋이서 가끔 만나게 되었다. 광주 용전동의 생고기집에 가기도 했고, 두암동 먹자골목에서 해물찜을 먹기도 했다. 범대순 시인은 무등산에 천 번 이상 올랐고, 2013년에 시집 『무등산』을 내셨는데, 그 시집으로 '제12회 영랑시문학상'을 수상하셨다.

  내가 범대순 시인을 좋아하는 이유는 두 가지이다.

  첫째 지역성이다. 시인은 광주 북구 생룡동을 세거지世居地로 둔 '금성 범 씨' 가계에서 태어나셨고, 시인의 아버님은 그 지역에서 서당을 운영하셨다. 누구보다 앞서간 영문학자셨고, 대학교수로 사셨지만, 자기가 태어난 곳의 정서를 잊지 않으셨다.

  둘째 열정이다. 대학에서 정년퇴직 후 오히려 시에 몰입해서 거의 1~2년에 한 권씩 시집을 내시고, 독자들과 소통

하셨다. '전체 시집 읽기 모임' 등을 개최하며 열정적인 활동을 펼치셨다.

내가 범대순 시인을 뵈었을 때 시인은 이미 칠십 중반의 나이였다. 그리고 십여 년 후 타개하셨다. 시인은 만날 때마다 허연 수염을 쓰다듬으며, "강 시인이 그렇다면 그런 거야."라는 말씀을 자주 하셨다. 두어 달에 한 번씩 두 분을 뵙는 것은 커다란 기쁨이었고, 내 판단으로 학자적인 범대순 시인은 강인한 시인의 명징한 시 세계를 좋아했던 것 같다. 나는 존경하는 시인을 두 분이나 모시게 되어 몹시 행복했고, 시인으로 산다는 것의 '존엄'을 깨닫게 되었다.

범대순 시인의 고향은 광주시 북구 용강동이다. '하신'이라는 작은 마을에 시인의 생가가 있는데, 그곳은 영산강과 아주 가까워 여울물 소리 바람에 쓸린 갈잎 소리가 들린다. 별 몇 개 반짝반짝, 시인의 선친께서 조성하셨다는 대나무 습지가 멀리 보이고, 습지 주변으로는 수십에서 수백만 마리 개구리 울음소리가 들린다. 나는 가끔 그곳에 들른다. 자운영 금계국 꿩의다리 고마리 쉴 새 없이 피어선 지고 흰 날개의 새들이 떼 지어 날 때 숨이 막힐 것 같은 삶의 시름이 한결 가벼워지는 것 같다.

시인은 남들 다 자는 시간에 눈을 뜨는 존재이다. 밤 깊어 새로 태어난 별처럼 강을 읊다가 강을 사랑하다가 강물 따라 먼 길 나서는 운명, 그래서 강은 오늘도 물기 젖은 별들을 반짝인다. 멀리멀리 떠났다가도 언제든 다시 돌아오라고. 시인이 돌아올 때 더욱더 빛나는 눈빛으로 시인을 맞이하기 위해서.

나의 작은 영웅들

'무등'이라는 산 이름이 들어가 왠지 뿌듯했다. 무등중
학교의 운동장 한쪽에 커다란 그물망이 쳐 있고 홈플레이
트가 그려진 곳에서 배팅볼을 하는 야구부가 있었다. 1년
선배가 선동열이고 한참 후배가 김병현이다.

중학교는 아주 멀었다. 월산동 대성 사거리에서 당시 15
번 버스에 오르면 시내를 관통하는 동안 많은 직장인과 학
생들을 태운다. 나처럼 왜소한 체구의 중학생은 고난의 연
속이었다. 보통 성인의 엉덩이보다 약간 위에 낀 나는 숨쉬
기조차 어려웠다. 더구나 자취생의 가방에서는 언제 김치
국물이 흐를지 나도 불안 불안 학동에 도착, 멀리 무등산
을 바라보며 이십여 분 걸어야 학교 정문을 만난다. 가는
도중 뽕뽕다리가 나오고, 천변 가난한 집들이 나오고, 천
혜경노원이 나오고, 한센병 치료센터가 나오고, 남국민학
교가 나온다. 이곳이 화순, 보성, 고흥 등 남쪽으로 가는

길목이라는 것을 알려 준다.

　서구 광천동 소재 송원고에 배정되었다. 산뜻하고 커다란 정문이 보였다. 들어가려고 하니 경비아저씨가 이곳은 자동차공장이라고 했다. 맙소사! 학교는 맞은편 비포장도로가 깔린 회색의 우중충한 건물이었다. 초등학교부터 중학교, 남녀고등학교, 전문대까지 있는 어마어마한 크기의 재단이었다. 날마다 만화방에 가서 종일 죽치고 앉아 만화만 보다가 오고, 근처에 사는 친구들이 놀러 와서 라면을 끓여 먹고, 월산동 뒷산 사직공원 일대까지 헤매고 다니며 공부와 거리가 멀어지다 보니 성적은 쭉쭉 떨어졌다. 다행인 것은 부모님이 그 사실을 모른다는 거였다. 성적표는 주소를 지금 살고 있는 곳으로 해놓았기 때문에 내가 받아보고 찢어서 쓰레기통에 버렸다.

　고등학교 2학년 때 삼복서점에서 이시영의『만월』, 김준태의『참깨를 털면서』, 신경림의『농무』를 발견하면서 '시인'의 길을 꿈꾸게 되었다. 막연한 동경에서 벗어나 몇몇 친구를 만났다. 비밀조직처럼 5~6명 정도 모여 문학동인을 결성했다. 공식 동아리로 등록하지 않고 우리끼리 토의하는 모임이었다. 박문영이 회장을 맡고 내가 제안한 '영산'으로 동아리 이름을 정하기로 했다. '영산'은 영산강의

후예를 자처한 이름이었다. 그때 만난 친구로는 개그맨 심현섭의 사촌 심은섭이 있다. 거실에 소파 있는 집을 가본 것도 그때가 처음이었다.

고3이 되자 '개천에서 용 나기'를 기원하며 둘째 누나가 광주로 왔다. 양동에서 누나와 함께 자취생활을 하자 심리적으로 안정되었다. 열심히 공부하면서 같은 반 송종원, 용태영, 김빈, 다른 반 김홍수, 박명용, 그리고 같은 문학 동아리 1년 후배 고원 등과 특히 친했다. 원이가 데려온 이재호라는 후배를 본 것도 그때가 처음이었다. 고3 때 담임 함수남 선생님이 교지에 투고한 내 시를 우연히 보시고, 시인이자 국어 교사가 되는 것을 추천하셨다. 그 말씀을 듣고 나는 조선대학교 사범대학 국어교육과를 선택했다.

대학 2학년 여름 방학 무렵 서울대 법대로 진학한 용태영이 공부하러 간다고 나와 함께 가자고 해서 조계산 선암사 운수암에 머물렀다. 장마철 여름 산사는 아주 좋았다. 낮에는 암자에서 독서를, 밤에는 계곡에서 신선의 목욕을 하였다. 태영이는 철학책을 나는 문학책을 읽으며 한 달을 보내는 동안 태영이나 나나 진로를 결정한 중요한 시간이었던 듯하다. 거기서 청보 스님을 만난 기억을 뒤로하고 다시 서울로 간 태영이는 운동권에 본격적으로 뛰어들었고,

나는 문학의 길로 빠져 들어갔다.

우리는 시대의 격랑에 휘말렸다. 조국, 원희룡 등등 태영이에게 그때 들었던 이름들을 나중에 신문 방송에서 보게 될 줄이야. 나는 군대로 쫓겨갔고, 그동안 태영이는 시위 주동자로 최루탄을 맞아 입원한 후 강제로 징집되어 전방에 배치되었으며, 서울대 국제경제로 진학한 원이에게서 송원고 후배 서울대 정치학과 이재호의 분신 소식을 들었다. 신림사거리 빌딩에서 불이 붙은 채 투신하는 재호의 모습을 신문에서 보았다. 너무나 놀라고 마음이 아팠다. 제대 후 강서구 신월동 한국일보 보급소에서 숙식하는 종원이와 함께 생활하면서 성균관대 심산연구회 친구들 이야기를 들었고, 자신의 출세를 위해 조직을 배신한 친구 이야기도 들었다. 종원이와 함께 6월 항쟁에 열심히 참여하였다. 이한열 장례식 백만 인파 중 한 명이었다. 분신한 재호의 유지를 이어받기 위해 원이는 이후 운동권으로 직진하였고, 백태웅, 박노해 등이 이끌던 사노맹 호남 총책으로 검거되기까지 몇 년 동안 괴상한 변장을 하고 나타났다. 참으로 고달픈 수배 생활을 이어갔다.

나는 광주광역시 북구 소재 인문계 고교인 국제고등학교에 국어 교사로 부임했다. 학생들을 가르치는 생활은 기대했던 것보다 더 재미있었다. 학생들은 똑똑했다. 나는 그들을 통해 한 단계 더 성숙한 인간이 되기를 희망했고, 시를 통해 나의 세계를 열기 위해 주경야독의 심정으로 갈고 닦았다.

나중에 송원고 후배에게 연락이 와서 만나보니 '영산'이라는 동아리 소속이라 했다. 고등학교 졸업 후 까마득히 잊어버렸는데 여태 활동 중이라니. 이름은 영산으로 똑같았으나 한자를 '영산강'의 '榮山'에서 '신령한 산'이라는 뜻의 '靈山'으로 바꾸어 사용하고 있었다. 어쨌거나 괜찮았다. 끈질긴 생명력을 가지고 다수의 청년 문사를 배출한다니 놀라웠다. 그 송원고 '영산' 출신 문사 중의 한 명이 바로 김병호 시인이고, 지난번 그의 새 시집 『슈게이징』 문학 콘서트에 참석하는 기쁨을 누렸다.

나는 오랫동안 별을 찾으려고 노력하였다. 선생님, 선후배, 친구, 제자를 만나 많은 도움을 받았고 그들을 닮으려고 애썼다. 그들은 나의 지나간 생애를 풍요롭게 수놓아 주었다. 이제 다시 새로운 별을 찾아 나서야 한다. 별들은 우주에 수없이 많이 반짝인다. 그 중에서 가장 밝은 별 하나를 가져다가 내 가슴 속에 심고, 그것을 자주 들여다보려고 한다.

이제 나의 작은 영웅들은 내 가슴에 있다.

거꾸로 세상 보기

열대야다. 북태평양고기압과 티베트고기압 두 겹의 고기압 아래 놓인 한반도는 두 겹 솜이불에 덮인 것 같은 찜통이다.

어떤 사람들은 밤새 잠을 이루지 못한 채 뒤척이고, 어떤 사람들은 아파트 상가 편의점 앞 벤치에서 밤새 맥주를 마시는지 왁자지껄, 에어컨 실외기 돌아가는 소리가 정체된 공기에 열의 폭풍을 더하여 찜질방을 연상케 한다.

땀을 줄줄 흘리며 잠이 잘 오지 않는다. 실제 열대의 밤도 이보다 더하지 않으리라 내가 했던 말 곱씹으며 내가 저지른 잘못을 되돌아본다. 지구는 어쩌다 사람이 살기 어려운 땅이 되어가는 걸까. 자책감이 들고 원망하는 마음이 크다. 이 와중에 매미는 울어 귀청을 두드린다. 가로수 어딘가에 붙어 악을, 악을 쓰는 놈들. 그러나 저들도 꼭 이 계절에 자신이 해야 할 일이 있을 것이다.

지씁 지이씁 지이씁르르르르……

매미 울음소리가 아스라한 물결처럼 밀려왔다가 밀려간다, 안 그래도 잠이 오지 않아 괴로운데 저것들은 더욱 크게 운다. 화가 치민다. 인간 세상도 꽃밭도 무너진다. 가만히 귀를 모아 들어본다. 으아리 천수국 채송화 백일홍 물봉선 꽃무릇 백리향 명아주 원추리 참나리 은방울 용담 마타리……. 꽃의 이름을 외우는 것 같기도 하고 수원이 종기 영철이 풍년이 영수 인기 원기 성현이 인례 은숙이 희순이 두례 현숙이 경자 지애 미숙이…… 어릴 적 친구들의 이름을 부르는 것 같기도 하다. 다들 어떻게 살고 있는지.

참 힘들게 지내온 시간이었다. 죽을 각오로 노력하면 될 줄 알았는데, 지쳐간다. 몸도 마음도. 아직도 이루고 싶은 꿈이 있는 걸까 앞만 보고 달려오느라 돌아보지 못한 자신에 대한 회한인 걸까.

시간이다. 나를 움츠러들게 만들고, 작게 만들었다. 어떻게든 이루어 보려던 목표도 이젠 어렵다는 사실을 먼저 인식하는 애처로운 신세. 이게 다 중력 때문이다. 성장기에는 중력을 이기고 솟아올랐건만 이젠 중력을 거스르기보다 한쪽 벽 아래 서서 중력을 피하려고 한다. 이제 내 힘으로 세상을 바꾸어 가기에는 너무 힘들다는 사실을 먼저 인식한다. 발길은 생기를 잃고, 불쑥불쑥 병이 찾아와 자리 잡는다. 불행이 비껴가기를, 수많은 나날 무사히 지나가기 고대했지만, 피할 수 없는 외나무다리에서 비상등을 켜고 달려오는 느낌.

　스르르 감기는 눈, 부릅떠야 한다. 어둠을 직시해야 한다. 좌절하지 말자. 포기할 순 있어도 주저앉으면 안 된다. 멈추면 패배다. 버티고 막아내야 한다. 잠시 멈춰서 숨을 골라야 한다. 여러 가지 방법을 생각해 보아야 한다.

　'거꾸로'라는 운동기구가 있다. 발을 걸치고, 몸을 젖히면 붕 떠올라 뒤로 넘어간다. 완전히 넘어가서 수직이 될 때까지 단추를 누른다. 세상이 뒤집힌다. 피가 머리 쪽으로 쏠려 얼굴이 벌겋게 변한다. 구름이 흘러간다. 하늘이 우물처럼 찰랑거린다. 나뭇가지가 춤을 추고, 사람들이 물고기처럼 떠다닌다. 지금까지 내가 살던 곳과 다른 세상에 도착한다. 처음엔 당황스럽더니 시간이 지날수록 안정된다. 이렇게 가끔은, 전혀 다른 방법으로 바라볼 필요가 있다. 내게 엄습하는 막막함을 벗어나기 위해서라도, 내가 나에게 했던 말을 실천하기 위해서라도, 그것이 비록 이루기 힘든 희망일지라도.

　매미는 지하에서 7년 내지 10년을 살다가 땅 위로 나온다. 굼벵이로 암흑 속에 살면서 어떻게 여름이 왔는지 알고 올라오는 것일까. 기다리는 것은 기다리는 순간에 오지 않는다. 기다림마저 잊었을 때 온다. 현재의 고통에 짓눌려 헤맬 때 어딘가에 숨어 있다가 모두가 포기한 그 순간 눈앞에 나타난다. 희망은 희망 자체가 중요한 것이 아니라, 희망을 갖기 위해 견뎌야 할 고통이 중요하다.

　인간은 자연과의 대결에서 승리한 것 같이 보인다. 흔히 보이는 고급 자동차들, 허름한 집들 부수고 그 자리에 지어진 고층 아파트들, 젊은 부부들과 아이들로 가득한 쇼핑센터 극장 음식점들. 알고 보면 하루살이 모기 참새 도롱뇽 모래무지 먹황새 뜸부기를 몰아낸 결과이다. 앞으로 열대야는 더 많이 기승을 부릴 것이다. 분명한 것은 올해가 가장 시원한 여름일 거라는 사실이다.

　지쏩 지이쏩 지이쏩르르르르……

몸부림치는 동안 깜박 잠이 들었나 보다. 힘차게 울어 대던 매미 소리가 가뭇없이 사라지고 어느 순간 작은 풀벌 레들의 소리가 섞인다. 두꺼운 창문에 가로막혀 또렷하지 는 않지만 분명히 들리는 기척들. 귀뚜라미 쓰르라미 방아 깨비 메뚜기 여치 불길처럼 거센 열기를 피해 풀잎 속 나뭇 가지 아래 뿌리 근처 새로운 계절이 준비되고 있었나 보다. 습식 사우나 같은 더위와 거센 태풍 속에서도 살아남아 우 리의 양식을 지켜주고 가꾸어 주는 작은 생명. 앞으로 고 난의 시대가 올 텐데, 자신의 몸 밖에 가진 것 없는 저것들 은 어떻게 버티어 낼까.

눈물이 날 것 같다. 나 또한 저들을 기다려 가까스로 여 름을 건넌다.

로또 당첨 꿈을 꾸다

저녁 식사 초대를 받았다. 약 이십오 년 전 전교에서 알아주는 사고뭉치를 모아놓은 반 담임을 맡은 적이 있었다. "굽은 소나무 선산 지킨다."라는 말처럼 똑똑하고 잘난 제자들보다 바람 잘 날 없이 나를 힘들게 했던 녀석들이 더 가깝다. '꼴통 짓'을 하였으나 지금은 각자의 자리에서 열심히 살고 있는 제자들을 만나러 간다.

'스승의날'이 낼모레니 분명 식사와 함께 꽃다발 혹은 케이크를 선물 받을 것인데 난 무엇을 해줄까 고민하다가 로또복권 일곱 장을 샀다. 식사 자리가 시작된 지 얼마 후,
"옛다, 삼십억!"
호기롭게 외치면서 한 장 한 장 복권을 선물하였더니 대번 웃음꽃이 피었다. 한창 사회에서 자신들의 입지를 구축해 갈 나이, 그 입지를 더 탄탄하게 해주기를 기대한다. 물

론 결과는 꽝, 이었을 것이다.

사실 사랑하는 제자들에게 로또를 선물하였다는 것은 로또 당첨을 기대해서가 아니다. 한바탕 웃음으로 분위기를 조성해 보고, 경제적 자립을 기원하는 의미 정도라 할까? 그렇다고는 하여도 좀 속된 행동이긴 하다. 하지만 누구나 한 번쯤 자신이 로또에 당첨되는 꿈을 꿀 것이다. 내가 만약 로또에 당첨된다면 일단 아무도 몰래 당첨금을 수령하여 은행에 넣어둘 것이다. 아내에게도 아이들에게도 비밀로 할 것이다. 어느 기분 좋은 저녁 너무 놀라 기절하지 말라고, '만약, 만약에'라는 가정어를 여러 번 읊조린 다음, 조심스럽게 당첨 사실을 꺼낼 것이다.

"로또 당첨금 삼십억이 은행에 있어!"
아내는 깜짝 놀라 눈을 크게 뜬 다음 제자리에 풀썩 주저앉을 것이다.
아무도 몰래 땅도 좀 사고 아내의 차도 바꿔줄 것이다. 내가 만약 로또에 당첨된다면 세상에서 가장 행복한 사람이 될 것 같다. 로또에 당첨될 확률은 팔백만분의 일 정도라 한다. 내가 그 주인공이 되었다는 것이 얼마나 놀라운 일인가. 가만 생각해 보니 로또 당첨 확률이 그 정도라면 불행에 빠질 확률은? 내 주위 사람 중 아무도 걸리지 않은 병에 나 혼자 걸린다면? 너무나 슬퍼서 한동안 멍할 것 같다. 그리고 많이 울 것 같다. 그 치료법을 아는 사람도 전국에 단 몇 명뿐이라서 그를 찾아서 서울로 부산으로 대구로 가야 하는 심정이란, 아니 외국까지 가게 된다면 그러한 시련은 어떻게 이겨내지?

"나는 왜 이런 운명을 타고났을까?"

원망스러울 것 같다. 로또에 당첨될 확률과 불행에 빠질 확률이 비슷하다면 로또에 당첨되는 것이 나을까? 불행에 빠지는 것이 나을까? 돌려 생각하면 로또에도 당첨되지도 않고, 불행에도 빠지지 않는 것이 가장 행복하지 않겠는가? 로또에는 당첨되고 불행에는 빠지지 않으면 될 텐데, 꿩 먹고 알 먹고.

"내 복에 웬 난리?"

결론적으로 내가 로또에 당첨될 확률도 희박하고 희귀병에 걸릴 확률도 희귀하다. 이렇게 평범하게 사는 것도 나의 운명이다. 나는 한때 시를 써서 유명인이 되는 꿈을 꾸었었다. 30여 년 열심히 끄적끄적했지만, 오늘도 유명 시인이 될 확률은 로또복권에 당첨될 확률보다 높지는 않은 듯하다. 그것을 아는데도 나는 오늘도 남들이 그다지 알아주지 않는 시를 써서 남몰래 승천하는 꿈을 꾼다.

흥부도 그랬을까 요행을 바라고 선행을 하였을까 흥부
는 제비의 다리를 치료해 주고 제비가 가져다준 박 씨를
뿌려 큰 박을 얻는다.

실근 실근 실근 실근 시리렁 시리렁
시리렁 시리렁 시리렁 시리렁
쏙싹 툭탁

드디어 첫 박을 탄다. 박에서는 '밥'이 나오고 두 번째 박
에서는 '금은보화', 세 번째 박에서는 '선녀'가 나온다. 당
시 서민들이 가장 소망하던 것이 차례대로 나온 것이다. 먹
을 것, 재물, 중년의 로망, 새로운 살림살이들. 판소리로서
의 흥보가는 가난한 서민들을 위로하는 위력을 발휘한다.

나는 '박 타는 대목'을 좋아한다. 이렇게 흥겨운 가락을
듣다 보면 마음이 저절로 편안해지고, 그동안 힘들었던 시
름이 다 떨어져 나가고 가벼워지는 것만 같다.

부어내고 부어내고 부어내고 부어내고
부어내고 부어내고 부어내고 부어내고
돌아섰다 돌아보면 도로 하나 가득하고

이 대목에 이르면 박수가 절로 나오면서 어깨가 들썩이고 추임새가 들어간다. 흥부의 박은 인과응보의 결과물이다. 흥부가 비록 게으르고 속이 없다고는 하지만 남들이 행하지 않는 선행을 베풀었으므로 그 결과 찾아온 행운이다. 그러니까 아무나 할 수 있는 행위가 아닌 것이다.

　그런데 내가 로또에 당첨되기를 바라는 것은 현재의 상황에서 한 발짝도 더 나가지 못하면서 마음으로만 일확천금의 꿈을 꾸는 것이다. 지금도 가진 것이 너무 많아 아등바등 붙잡느라 근심 걱정 내려놓지 못하고 행여 좀 더 많은 재물이 어디 없을까 눈을 번득거리는 상황, 안타깝게도 내 욕망은 스스로 포기할 줄을 모른다. 쯧쯧, 나는 지금 내가 설정하고 내가 감당해야 할 선택의 기로에 서 있다.

　로또에 당첨되기를 바랄 것인가?
　비루한 생활을 영위할 것인가?

입맛에 대하여

　찬 바람 불면 돼지고기 대파 두부를 숭숭 썰어 넣은 국에 밥 말아 먹고 싶다. 이즈음의 들은 스산해서 낟알 곡식은 죄다 거두어 가고 마른 짚이 깔린 들녘엔 희디흰 억새의 무리.

　"밥 무거라~"
　어디선가 놀다 들어오지 않는 나를 부르는 누이의 목소리가 들리는 것 같다. 성스러운 시간이다. 귀신이 깃드는 것 같다. 서둘러 어두워지는 마을 어귀에는 하나둘 등이 켜지고 그림자가 길다.
　찬비가 내릴 것처럼 캄캄한 저녁, 허기가 몰려온다. 뭔가가 고프다는 것을 느낀다. 몸은 본능에 충실해진다. 방랑하던 탕아처럼 집으로 돌아온다. 마당에는 쌓아놓은 짚단이 수북하다. 겨우내 새끼를 꼬거나 가마니를 짜려고 들여

온 지푸라기에서는 마른풀 향기가 난다. 바스락 소리가 들린다. 바다 쪽에서 소금기를 담은 바람이 불어오면 흐린 날씨만큼 사람의 마음도 기울어지는 것이어서 뭔가 소중한 것을 빠트린 것처럼 허무하다.

"에취 에에취~"

지금 이때, 어둠의 집에 들어서면 어머니의 도마 두드리는 소리, 아버지의 헛기침 소리, 밖이 추운 만큼 포근한 방. 낮의 고단함이 지나고 잠시의 편안함이 찾아온다. 이런 분위기를 평화라고나 할까 어른이 된 지금까지도 이러한 정서가 나를 지배하고 있다. 해가 기울면 집에 돌아가고 싶고, 저녁 식탁에 앉고 싶고, 얼큰한 국물에 수저를 담그고 싶고, 함께 일을 마친 사람들과 술잔을 기울이고 싶다.

입맛은 선천적일까, 후천적일까, 시골을 떠나 처음 도시의 중고등학교에 진학한 나는 도회지의 음식이 입에 맞지 않았다. 바다가 가까운 우리 고향에선 젓갈류가 많은 반면 내륙에는 육류가 많았고, 나물을 무칠 때도 우리 쪽에선 데쳤는데 내륙에선 볶았다. 우리 집에선 된밥을 좋아했는데 내륙의 밥은 물렀고, 우리 집에선 생김치를 좋아했는데 내륙의 식탁엔 익은 김치가 자주 올라왔다.

그래서일까, 나이 먹어갈수록 육류보다는 해물이 좋고

고기보다는 채소가 좋다. 치즈 카레 같은 느끼한 음식보다는 청국장 장아찌 같은 구수한 음식이 좋다. 나 혼자 좋아하는 데 만족하지 않고 아이들에게도 일부러 김치 미역국 된장국을 먹이려고 애쓴다. 한사코 안 먹으려던 아이들이 어느새 간장게장 같은 음식을 찾는 것 보면 입맛은 정말 모르는 사이에 중독되는 성질을 가지고 있는 듯하다.

입맛만큼 중요한 것도 없다. 입으로 들어가는 것, 그 자체로 건강과 직결되므로 입맛에 예민한 사람은 단것을 좋아하고, 음식을 가리며, 입맛에 둔감한 사람은 자극적인 음식을 좋아하고, 포만감을 얻기 위해서 음식물을 많이 섭취하게 된다고 한다. 입맛만큼 보수적인 것도 없다. 한 번 좋아하게 된 음식을 잘 바꾸지 않으려는 습성이 있다.

사람 사이의 관계에서도 그렇다. 누구나 자기 '입맛에 맞는' 사람을 고르려고 노력한다. 입맛에 맞는 사람들 끼리끼리 모임을 만들과 조직을 결성하며 함께 활동한다. 입맛은 불화의 요인이 되기도 하며 결합의 원동력이 되기도 한다.

지나치게 자기 입맛만 고집하면 학연, 지연을 강조하게 된다. 출신 학교가 같다는 이유로, 출신 지역이 같다는 이유로 사람을 판단하게 되는 우를 범하는 반면에 입맛의 장점을 잘 살리면 지역적 특색으로 발전하게 되는 결과를 가져온다.

대표적인 예로, 전라도의 감칠맛을 들 수 있다. 전라도는 물산이 풍부해서 감칠맛 나는 김치와 젓갈을 발전시켰다. 배추김치 나박김치 깍두기 동치미 갓김치 고들빼기 등의 김치, 새우젓 조기젓 황석어젓 뱅댕이젓 갈치속젓 병어젓 등의 젓갈을 따끈따끈한 햅쌀밥에 쭉 찢어 얹어 맛있게 먹는다. 이 맛에 점점 중독이 되어 시시 때때 그 맛을 찾게 된다.

늦가을은 식욕을 자극한다. 먹어도 먹어도 배가 고프다. 월동을 위한 준비일까, 인간이 느끼기에 가장 기분 좋은 서늘한 기온 때문일까 가을걷이의 풍성함 때문일까, 이 무렵의 별미는 열매에 있다. 사과 배처럼 멀리 있는 것보다 우리 사는 곳에서 가깝게 산출되는 감 무화과 머루 다래 으름 등등의 실과와 고구마 무 당근 배추꽁다리 등의 채소들이 그 주인공이다. 고구마는 대표적인 구황식물이거니와 사랑받는 음식이었다. 그냥 깎아 먹어도 맛있고 쪄먹어도 맛있고 구워 먹어도 맛있다. 보관성이 좋아서 방안 한 모서리에는 고구마를 보관하는 수수깡 울타리가 있었다. 먹을 것에 대한 욕심은 동물도 다를 바 없어 그 고구마를 노린 생쥐가 수시로 들락거렸다.

특히 감은 홍시감 곶감감 대봉감 단감 등 종류도 다양해서 특히 친근한 간식이었다. 우리 집 뒤에는 '맛종감'이라는 감나무가 있었다. 그 나무에 여는 감은 아주 맛이 있어서 우리들은 그 밑에서 입을 벌리고 수시로 누워 있곤 하였다.

언제 적인가 바닷가에 간첩이 출현했다고 대간첩 작전으로 헬리콥터가 뜨고 공수부대가 낙하할 때 밤에 이 감나무 가지에 걸린 공수부대원이 낙하산을 수습하지 못하고 나무에 걸쳐놓은 채 사라진 적이 있었다. 가지가 많이 부러졌지만, 그 나무는 오랫동안 맛있는 감을 선물해 주었다. 지금도 선연히 기억나는 것은 높은 가지 끝에 마지막 한두 개 남겨두는 '까치밥'의 풍습이다. 우리 할머니보다 나이가 많았던 나무를 예우하는 것이기도 하고, 겨우내 배가 고픈 새들을 배려한 때문이었으리라

이렇게 을씨년스러운 날은 조동진의 노래를 흥얼거린다.

쓸쓸한 날엔 벌판으로 나가자
아주 쓸쓸한 날엔 벌판을 넘어서 강변까지 나가자

해마다 찾아오는 철새의 편대를 보며 가만히 한숨 쉰다. 머지않아 겨울의 맛을 흠뻑 느낄 수 있도록 함박눈이 쏟아지기를 기대해 본다.

관계 중독

중독이란, 약물 등에 젖어서 본래 제 기능을 제대로 발휘하지 못하는 상태를 말한다. 예를 들어, 알코올 중독, 마약 중독 등이 있다. 나는 '관계 중독'에 주목한다. 정신적 의존증세라고나 할까? 사람은 자신이 좋아하는 것을 추구하지 못하고 남에게 의지하는 경향이다.

나는 군대에 가서 피우기 시작한 담배를 이십 년 동안 끊지 못했었다. 그러다 흡연으로 인한 성대 이상 등이 와서 어쩔 수 없이 힘들게 끊게 되었다. 한 번 끊었다가 다시 피우게 되어 두 번째 끊을 때는 더욱더 힘들다는 사실을 뼈저리게 경험하였다. 나에게 이런 단호함이 있다는 사실이 믿기지 않았다. 실패 후 다시 시작한 일을 끊어내는 일은 더 어렵다는 사실 또한 알게 되었다.

"무엇이 집착을 가져올까?"

사람은 누구나 자신이 좋아하는 것을 추구한다. 축구 야구 배구와 같은 운동은 물론 바둑 사진 색소폰 연주 등 취미 생활에서도 그 경향성은 뚜렷하다. 여기에서 의존성을 발견한다. 어쩌다가 점점 더 빠져들어 나중에는 본업이 부업이 되고 부업이 본업이 되는 경우가 있기 때문이다. 내가 아는 어떤 사람은 등산에, 어떤 사람은 운동에 매료되어 그것에 매우 집중한다. 아름다운 일이다. 다만, 그것이 지나쳐 주변을 의식할 수 없을 정도로 몰입하게 될 때 자칫 그로 인한 화가 자신에게 미칠 때도 있다. 남자들이 흔히 낚시에 미치는 것도 그러한 경우이다. 낚시는 대개 밤에 나가서 강가나 바닷가를 찾는 경우가 흔하다. 지나치면 경제적으로도 어려움이 따를 뿐만 아니라 가정불화의 원인이 되기도 한다. 흔히 '춤바람'이라고 하는 것도 이런 경우에 해당한다.

"한 우물만 파라!"

이 말은 진리다. 우물을 파야 물이 나온다. 물은 생명을 지탱해 주는 원천이다. 살려면 한 가지 일을 잘해야 한다. 그런데 요즘 이런 말이 맞지 않는 현상을 발견한다. 직업적으로 한 가지 일만 하면서 살 수 있는 시대가 지나갔다. 시대의 변화에 따라 배우는 범위도 달라져야 한다. 의사 변호사 등 전문 직종 종사자들은 다르다는 말이 있지만 시대의 변화를 초월할 수는 없다. AI 시대, 나의 일은 안전한지 돌아보아야 한다. 시대는 여지를 남겨두지 않는다. 새로운 물결이 밀려오면 구시대의 물결은 변화할 틈을 주지 않고 쓸어버린다. 완전히 신경향으로 탈바꿈한다. 기계문명이 그랬고 디지털 혁명이 그랬다.

현대인은 중독에서 벗어나지 못하면 도태된다. 내가 하던 일이 없어져 가는데, 새로운 일을 찾지 않으면 생존하기가 어렵다. 글을 쓰는 일도 그렇다. AI가 시를 쓰고 AI가 영화를 제작한다. 뭐든지 척척. 아니, 사람을 능가한다. 기계는 인간보다 훨씬 뛰어난 기능을 가지고 있을 뿐만 아니라 '관계'에 대한 부담도 없다. 언제든지 버리고 언제든지 살 수도 있다.

'관계 중독'은 심각한 문제다. SNS에 누군가의 초대를 받는다. 초대받은 사람은 뿌듯하지만 초대받지 못한 사람은 서운하다. 초대받은 사람들끼리 주고받는 대화, 어느 지점에선 귀찮아진다. 매일 나누는 안부가 번거롭다. 게다가 자신의 존재를 확인하고 상대방의 동의를 얻기 위한 각종 문구가 등장하여 무시하기도 곤란, 답하기도 곤란, 동창회 등등 모임이 서로의 무료함을 달래기에는 좋으나 오래 지속되면 피로감을 준다. 과거 지향적인 성향이 강한 단체일수록 더 압박감이 강하다. '톡방'은 모임에서 많은 역할을 한다. 늘 한 자리에 모여 있으므로 안건을 신속하게 토의할 수도 있고, 경조사, 기쁜 소식, 직장이동, 모임 날짜 변경 등 응급 시에 대처할 수도 있다. 그러나 사람이 많을수록 '내가 굳이?'하는 소식조차 피할 수 없어서 원치 않는 이야기를 매번 들어야 하는 고통도 크다. 게다가 은연중 세를 과시하려는 모임에서는 쉽게 빠지기도 힘들다. 관계에 대한 집착이 강한 누군가가 초대하고 또 초대를 한다. 이런 강박관념을 주는 관계를 과감히 정리하지 못하는 것이 바로 관계 중독이 아닐까?

"왜 함께 있으면 마음이 불편하지?"

관계의 중독을 피해서 혼자만의 시간을 선택한 내가 요즘 느끼는 기분이다. 갈수록 생활이 단조로워지고 인간관계가 소원해진다. 먹는 것만 먹으려 하고, 입는 옷만 입으려 한다. 그래서 병이 생긴다. 고혈압 당뇨 혈액순환 장애가 대표적이다. 고기가 들어간 음식, 콜레스테롤이 주인 음식을 즐기다 보면 자연적으로 쌓이는 건강의 적들. 치매도 알고 보면 비슷한 환경에서 오는 수동적 자세가 그 원인의 하나가 될 수 있다. 뭔가 새로운 일에 도전할 줄 모르는 두뇌는 녹이 슬어 기능이 점점 쇠약해진다.

나는 어느 순간 나를 잃어버렸다. 왜 이렇게 되었나 생각해 보니 주위와 어울리지 못하는 성격이 원인이다. 사람들에 대한 피로감을 피하려다가 고립을 자처한 것이다. 관계에 대해 주도하지도, 초연하지도 못하는 나. 느긋하게 두고 보지 못하는 조급함 때문이기도 하고 내가 누군가에게 맞추기도, 누군가를 나에게 맞추기도 힘들기 때문이기도 하다.

"왜 이렇게 소외감을 느끼지?"

기분을 풀어보려고 산행을 선택한다. 여러 번 차를 갈아타고 등산로 입구에 도착한다.

"반달곰을 마주치면 먹을 것을 주지 마세요."라고 씌어 있는 표지판을 본다.

이 산 어딘가에 반달곰이 살고 있고, 지금 내 앞에 나타날 수도 있다. 좀 무서운 느낌이다. 멧돼지가 나타날 수 있다. 멧돼지는 직접 마주친 경험이 있기 때문에 좀 더 무서운 느낌이다. 혼자 시간을 보내려니 생각보다 어려운 일들에 부딪힌다. 함께 온 사람들끼리 모여 앉아 음식 나누는 모습을 본다. 오순도순 따뜻한 풍경이다. 나는 혼자 씩씩하게 산에 올라간다. 계곡 사이 바위에 앉는다. 물보라 일으키며 흐르는 물에 발을 담근다. 지금까지 머리를 아프게 했던 생각들이 싹 사라진다. 혼자 있는 시간이 즐겁다. 더러 좀 적적하기는 해도 뭘 해도 되고 안 해도 되는 이런 생활이 더 편하다. 이제 새로운 만남이나 관계를 시도하기보다 '가만히 있는 것이 훨씬 나아!'라는 생각을 한다. 산을 내려온다. 버스 종점 부근 음식점이 보인다. 해발고도가 높은 산 근처인데도 불구하고 다양한 메뉴들이 있다. 산채비빔밥 도토리묵 해물파전 막걸리에 눈길이 간다. 먹고 싶다. 음식을 시켜서 혼자 먹기는 곤란하다. 역시 혼자는 외롭다! 그렇다고 모르는 사람들 사이에 끼어 어울려 술잔을 주고받을 수는 없지 않은가? 이럴 때는 외향적인 사람이 부럽다. 자기 돈은 별로 쓰지 않으면서도 온갖 생색을 내거나, 자기 돈을 쓰면서도 값지게 쓰는 사람이 멋져 보인다.

버스를 타고 내가 사는 곳으로 돌아온다. 집 근처 단골 카페에 들어가 커피를 마신다. 안면 있는 사장님과 요즘 세상 돌아가는 이야기를 한다. 편안하다. 아, 역시 나는 사회 속에 있어야 생존이 가능하구나. 아무리 관계가 좋아도 중독은 되지 말아야 하지만, 관계 단절 또한 죽는 일만큼 어렵다는 것을 깨닫는다.

문제는 '중독'도 무섭지만 '외로움' 또한 치명적이다. 앞으로 나는,

　"어울릴 것인가? 단절할 것인가?"

쉼

    선생으로 삼십여 년을 살았다. 보람된 시간이었다. 사회 생활에 별 자신이 없던 나 자신의 소극적 성격을 적극적으로 바꿔주었을 뿐만 아니라, 수많은 학생과 좋은 만남을 가졌던 시간이었다고 생각한다.

    내가 근무했던 학교도 인근 지역 평판이 좋아서 학교에 근무한다는 것 자체가 꿈을 꾸듯 행복한 시간이었다.
    이런 자부심과는 별개로 선생 생활은 많이 힘들었다.
    인문계 고교의 특성상 대학입시에 전념해야 하는 학생들은 고달팠고, 그들을 지도하는 나도 기진맥진한 날이 많았다. 그러던 어느 날 수업과 자율학습에 지친 학생들이 학급 뒤 게시판 달력에 동그라미를 그리고 '쉬는 날'이라 써놓은 것을 발견했다. 주중 평일인데 쉬는 날이라니! 어쨌든 하루 쉬고 싶다는 의사를 표시해 놓은 걸로 알고 자세히 들여다보니 '(숨) 쉬는 날'이라고 써놓은 것이었다. 나는 실소 했다. 얼마나 공부에 시달렸으면 '쉬는 날'이 아닌 '(숨) 쉬는 날'이라 써놓았을까 그것도 괄호 열고 작게 '(숨)'이라는 말을 넣어서. 재치 있는 유머라기에는 너무도 절박한 현실을 마주한 것 같아서 가슴이 찌르르 아팠다. '쉬는 날', 그것도 '(숨) 쉬는 날'이라니.

나는 가르치는 일에서 스스로 물러났다. 이른바 '명퇴'를 한 것이다. 가족의 강한 반대가 있었더라면 끝내 다시 생각했을 텐데 정년을 여러 해 남긴 내가 퇴직 의사를 밝힌 것에 대해 대체로 인정해 주는 분위기에 힘입어 나는 결국 명퇴를 선택하고 한숨 쉴 수 있었다.

'명예퇴직'의 줄임말인 '명퇴'는 공교롭게도 가곡 〈명태〉와 발음이 닮았다. 동해바다 맑은 물에 살던 어족, 기후변화와 남획으로 씨가 마른 물고기, 밝을 명 자 클 태 자를 써서 明太명태.

어떤 외롭고 가난한 시인이 밤늦게 시를 쓰다가 쐬주를 마실 때 그의 안주가 되어도 좋다 그의 시가 되어도 좋다 짝짝 찢어지어 내 몸은 없어질지라도 내 이름만 남아 있으리라 명태, 헛 명태라고……

'명태'처럼 명태라는 물고기는 이름만 남고 물고기는 없다. 직장에 내 자리는 없다. '이름만 남은' 명태처럼 과거 누가 여기에 있었다는 사실조차 기억하지 못할 것이다. 명퇴를 결심한 가장 큰 이유는 '숨 막힘' 때문이었다. 비슷한 일을 오래 하다 보니 지치기도 했고. 아이들에게는 지옥 같은 현실에서 입시 전문가가 되어 천국을 그리는 기분을 감당하기 힘들었다. 교육헌장은 언제나 힘든 곳, 가혹한 조건의 기후변화처럼 죽을지도 모른다는 위기감이 느껴졌다. 그렇다고 내 '느낌'으로 생계가 걸린 직장의 지속 여부를 결정하기는 어렵다. 결국 '시인'이라는 이름을 들먹이며 실행에 옮겼다.

지난 시간을 돌아본다.

학생들은 똑똑했고, 풋풋했고, 착하고, 예뻤다. 내가 준 것보다 많은 것을 돌려주었다. 총각 시절, 부끄러움이 많았던 나는 아이들의 놀림에도 쉽게 얼굴이 빨개졌다. 수업 시간에 어떤 학생이 손을 번쩍 들더니 큰소리로 외쳤다.

"선생님, 고추 보여주세요."

여학생이, 그것도 아주 맹랑한 얼굴을 하고. 당황해서 멍하니 있는 나에게 우스워 죽겠다는 표정으로 다음 말을 던졌다.

"교탁 속에 있어요."

쉬는 시간에 커다란 풋고추 하나를 교탁에 넣어 놓았던 것이다. 그때는 학생들 사이에 그런 순진한(?) 장난이 유행했었다. 나는 선생 시절에 전형적인 모범생보다는 약간 개성적인 아이들을 더 관심이 많이 갔던 듯하다. 그들과 이야기하고, 성장하는 모습을 보면서 나 같은 '범생이들'의 삶과는 다른 세계를 엿보았던 것 같다. 선생 생활 일부 기간에는 은연중 공부 잘하는 학생들을 예뻐했는지도 모르겠다. 그렇다 하더라도, 학생들이 각자 받아야 할 사랑의 몫은 비슷하며, 지레짐작으로 그들의 능력을 단정을 짓지 말아야 한다. 전교 1등인 학생과 전교 꼴등인 학생, 둘은 통한다. 그런데 관심 분야는 다르다. 비록 다를지라도 자신이 최고라는 점에서는 비슷하다.

수업 시간에 교과서 글자를 오려 붙여 만든 가짜 고지서를 발행한, '경호와 백종이의 친구들'이 있었는데, 고무지우개로 학교장 직인까지 찍어 정교하게 위조하였다. 고지서를 학생들에게 판매하였고, 얼마간의 수수료를 챙기려한 정황이 포착되었다. 가짜 영수증을 발행한 이유가 남해 해수욕장으로 14박 15일 여행을 가기 위함이라는 설명을 듣고 기겁했다.

"에라 이 나쁜 놈들아!"

몽둥이찜질을 했음은 물론이요, 나중에 커서 뭐가 되나 걱정이 앞섰다. 하지만 염려할 필요는 없었다는 사실을 깨닫게 되는 데는 그리 오랜 세월이 필요하지 않았다. 그들이 성공적인 사회생활을 하고 있음은 말할 나위가 없다.

흡연했다는 이유로, 가출했다는 이유로, 성적이 떨어졌다는 이유로 너무 많이 고통을 주어 미안하고, 나보다 멋진 시인이 된 제자가 있어서 기뻤고, 장차 변호사 엔지니어 의사 기업체 사장도 있지만 기술자와 전문가가 되어 시대의 흐름에 능동적으로 적응하는 제자를 많이 두어서 행복했던, 선생으로서의 능력은 부족했지만 나보다 뛰어나 자랑스러운 제자들.

학교 밖으로 탈출을 감행했다. '번아웃'이었던가 지겨움과 두려움에 시달렸던 것이 분명하다. 혼자만의 시간이 찾아오니 숨을 쉴 수가 있었다. 그해 바로 『잠시 앉아도 되겠습니까』라는 제목의 시집을 냈다. 이 시집이 바로 '쉼'을 주제로 한 것이다. 힘껏 달려왔으니 잠시 앉아서 쉬는 것도 나쁘지 않을 터. 이러다 아주 영영 쉬게 될까 봐 글쓰기를 시작했다. 다행히 나에게 '쉼'이라는 시간과 공간이 허락되었다.

이번에 또 한 권의 시집을 발간했다. 이번 시집을 내면서 나는 알게 되었다. 삼십여 년의 선생 생활이 참 행복했었다는 것을, 이제는 잠시 멈춰 나를 돌아보며, 글을 쓰는 데 집중할 계획이다.

누구에게나, 언제나, '쉼'이 필요하다.

마땅하고 옳은 일입니다

　나의 십 대는 방황의 시기였다. 일찍이 아버지의 그늘에서 벗어나 대도시로 왔고, 자취와 하숙을 전전하였으며 그것이 다행이라면 다행이고 불행이라면 불행이었던 듯하다.

　나 혼자 떠돌이처럼 산 집 중에서 최락희 씨 댁은 특별했다. 최락희 씨 댁 문간방에 세 들어 살던 때 혼자 연탄 갈며 자취하는 나를 보고, 최락희 씨는 두 살 터울 나이가 어린 당신의 자식들, 치주와 귀성이를 동생 삼아 공부도 도와주고 함께 거주하라며 이 층에 방을 마련해주셨다. 말하자면 오갈 데 없는 나를 친척처럼 거두어 주신 것이다.
　5월 18일 난리가 나자, 나와 두 아이가 시내에 구경 가고 싶어 발발거리는 것을 알고 경고하셨다.
　"만약 함부로 시내 나갔다가 걸리면 다리몽댕이를 분지른다!"

아저씨의 경고가 두렵지 않은 건 아니었지만 소문에 대한 궁금증보다 크지는 않아 5월 21일 도청 앞 발포 시 몰래 구경하러 갔다가 하마터면 큰일을 당할 뻔한 일이 있었다. 아저씨는 우리들의 부잡스러움을 보고도 의외로 침묵하셨다. 엄하지만 진중하신 분이셨다. 그 집에서 좋은 일만 있었던 것은 아니다. 중3 무렵 자취하는 나를 인사 안한다는 이유로 그 집에 같은 세입자였던 스물다섯 살 정도의 청년이 개처럼 두르려 팼다. 약간 사이코패스 성향이 있던 그 청년에게 얼굴 가슴 배 할 것 없이 무차별적으로 폭행당하고 많이 울었다.

5월 27일 밤 월산동 사거리에서 탱크 몰고 계엄군 들어오는 소리가 들려 창밖을 기웃거렸는데 최락희 아저씨는 다시 한번 경고하셨다.

"밖으로 기어 나오면 대갈통 깨버린다!"

이번 경고에도 우리들은 건너편 건물 옥상 이마에 태극기 질끈 동여맨 사람들이 궁금해 그분들께 다가갔다. 밤새워 총 들고 선 청년에게 물과 주먹밥 건네는 것 보고도 아저씨는 역시 침묵으로 일관하셨다. 단호하지만 인간미를 갖춘 분이셨다.

십 대를 다 보낸 최락희 씨 댁을 떠나 양복점을 운영하던 작은누이 집에 얹혀살았다. 어머니 때부터 독실한 가톨릭 신자여서 유아세례를 받았던 나는 누이 부부가 다니던 성당에 따라갔다. 대학교 1학년이 되어 이제 막 자유의 참맛을 알아갈 무렵이었다. 신부님이 미사를 집전하는 과정 중 유독 숨이 막히는 것 같은 느낌을 받았다.

"마땅하고 옳은 일입니다!"
이 말을 왜 그렇게 암송하기 싫었는지 그 이유는 나도 잘 모르겠다. 내가 무신론자가 아닌가 하는 생각도 들고, 특히 '마땅하고 옳'다는 말에 무작정 반항하고 싶은 감정이 치밀어 오르는 것을 느꼈다. 과연 무엇이 마땅하다는 말인가. 맹목적으로 추종하는 것 같아 거부감을 느낀 것 같다. 광주를 피의 도시로 만든 자들에게 부귀영화를 누리고 있는데, 불의의 권력을 빼앗지 않는 신에 대해서 의문을 품었던 것 같다. 나는 왜 이렇게 바보 같이 살고 있는지 자신이 한없이 부끄럽고 뭔가 가슴 밑바닥에서 밀고 올라오는 감정이 나를 감쌌다. 그래서 성당에 나가는 것을 포기해 버렸다.

늦가을 애기단풍으로 유명한 백양사역에서 내렸다. 국도변을 따라 하염없이 걸었다. 길 끝에 백양사가 있었다.

"이대로 절에 들어가 버릴까?"

정말 할 수 있다면 머리 깎고 절에 들어가고 싶었다. 불가에 귀의하면 고뇌가 해결될 것 같은 철없는 생각에 사로잡혔다. 하지만 나같이 나약한 인간은 수행 생활의 엄격함을 버텨낼 것 같지 않았다. 그 후 '마땅하고 옳은 일'이 무엇일까. 문득 의문이 떠올랐다. 신의 명령에 곧이곧대로 따르지 않으려는 억하심정 같은 것이 똬리를 틀고 있었다.

육십 대가 된 지금, '마땅하고 옳은 일'이 무엇인지 여전히 오리무중이다. 다만 그것은 '옳고 그름'을 이분법적으로 정의할 수 있는 것이 아니라. 자신의 내적 결정에 따르는 것이라고나 할까. 무엇이 '마땅하고 옳은' 지는 확신할 수 없지만, 세상의 이치에 귀 기울이고, 내게 주어진 일에 따르는 자세가 마땅하고 옳은 것 같다. 예전에는 가슴 밑바닥에서 욱하고 치밀어 오르던 감정이 완전히 사라지지는 않았지만 '마땅하고 옳'다고 누군가 귓가에서 부드럽게 속삭이는 것 같다.

언제 편한 시절이 존재했겠는가마는 지금 우리에게는 기후변화, 인구문제 등등 불투명하고 복잡한 세상이 가로놓여 있다. 나 혼자 힘으로 해결할 수 없는 문제들이다. 이런 거대한 위기를 헤쳐 나가기 위해서는 마음속 '그분'에게 의

지해야 할 것 같다는 생각이 든다. 과학기술이 발전할수록 사람들은 소외된다. 경제가 발전할수록 불평등은 더욱 광범위하게 자리 잡아서 우리 스스로 비교의 고통에 시달리게 만든다. 자연에서 멀어질수록 불행해진다는 사실을 깨닫게 된다. 그러니 자연을 주관하는 절대자인 '그분'께 의지하면서 공동체의 보편적 윤리를 회복해야 한다.

가난했던 시절 베풀어 주신 은혜를 나는 잊고 살았다. 최락희 아저씨의 부드러우나 단호한 그 목소리가 떠오른다. 잊어버렸던 고통이 떠오른다. 월산동 작은 집 최락희 아저씨는 돌아가셨을 텐데 아주머니는 어떠신지, 지나간 세월이 정말 미안하다.

"치주야, 귀성아, 이 글 보면 연락 다오. 꼭!"

당신께 미리 드리는 이별 편지

당신께 미리 이별 담은 편지를 드리려 합니다. 기억이 점점 사라져가고 손발이 마비되어 가는 당신.

"자꾸 어지러워야!"

자신의 인내력이 한계에 다다랐음을 암시하는 당신의 말을 듣기 위해 여벌의 옷가지 챙겨 가방에 넣었습니다. 인간은 누구나 아프기 마련이지만 차차 심해져 가는 당신의 병환을 바라보는 일은 심한 고통을 느끼게 합니다. 내가 이렇게 고통스러운데 당신은 오죽하시겠습니까.

당신과 나는 한 부모에게서 뻗어 나온 가지인 관계로 나도 언젠가 그런 과정을 겪지 않을까 두려움이 엄습하는 건 어쩔 수 없습니다. 누님, 공직에서 퇴직한 매형과 함께 누구보다도 멋있게 살기 위해 지은 집, 전원주택에서 오래오래 행복하시길 빌었답니다. 늠름한 산봉우리 거울처럼 맑은 호수 옆 아담한 집, 야트막한 산비탈 아래 낙우송이 둘러싸고 사시사철 고요가 사는 집.

"계십니까?"

주인을 부르면 메아리가 울리는 곳. 봄이면 꿩 울음에 놀라 올망졸망 피어나는 수선화 바람꽃 금낭화 꽃잔디 은방울꽃 매발톱꽃 하나하나 호명하면 네, 하고 대답할 것 같은 정원. 쏴아 빗방울 떨어지는 소리를 내는 대숲 옆 맑은 계곡이 흐르고 그 근처 커다란 은행나무.

"얼마나 좋은지 몰라!"

집이 다 지어지던 날 당신은 기뻐했지요, 뜰에 앉아 시간 가는 줄 모르고 잡초를 뽑으며 새로운 계절을 맞이하고 또 보냈지요. 그 모습을 보는 저도 즐거웠습니다. 이른 저녁 식사 마치고 정원 벤치에 앉으면 서쪽으로 지는 해가 발 아래를 온통 황금으로 물들이고 건넛산 위 쓸고 지나가는 웅장한 바람. 성모상이 있는 마당에는 덩굴장미, 능소화, 배롱나무 근처 뒤뜰 평상에선 깊은 생각에 잠기기 좋았습니다.

새로 지은 집 지붕 위 휘영청 달은 뜨는데, 여기서는 골짜기가 가깝고 민가는 멀기만 하죠. 서서히 채웠다, 서서히 걷히는 운무. 구름처럼 피어나는 수천수만의 꽃송이들.

인간이 죽는 순간이 되면, 불안과 기만과 슬픔
과 악으로 가득한 책을 읽을 때 그를 비춰주던
촛불이 어느 때보다 밝게 타올라 어둠에 잠겨
있던 모든 것을 비추었다가 마침내 지지직하는
소리와 함께 어두워지면서 영원히 꺼진다.

톨스토이 『인생독본』에 나오는 말입니다. 죽음에 대한
두려움은 누구에게나 똑같습니다. 세월은 누구에게나 공
평하게 무겁지도 가볍지도 않게 흘러갔고, 죽음 또한 그
러하겠지요. 일부는 짊어지고 일부는 내려놓고 가야 하는
삶.

평온한 나날은 그새 지나고 폭풍우같이 기울어져 가는
당신을 보는 일은 고역 그 자체였습니다. 당신을 뒷바라지
하는 매형은 또 어떠하겠습니까. 당신이 바로 노인인데, 노
인이 노인을 돌보는 괴로움 말입니다.

누님, 한겨울 변산반도가 떠오릅니다.

장래 우리 큰매형이 될 청년이 처음 우리 마을을 방문했
던 날이 기억납니다. 저녁 무렵부터 하염없이 쏟아지는 눈,
며칠 동안 계속 내려 무릎 깊이로 쌓이고, 쌓인 눈은 얼어
붙어 혹심한 추위를 부르고, 동네 사람들은 무슨 소문을

들은 것인지 기웃기웃, 눈이 오면 으레 그랬듯이 버스가 끊겨버렸지요. 완벽히 고립되어 뿔테 안경의 청년은 마을에 묶여버렸죠. 초등학생이던 저는 그 청년과 일주일을 함께 지내면서 형이라 부르게 되었지요. 비록 나이는 많이 차이 나지만 형이 없던 저에게는 늘 든든한 기둥이었습니다. 인생의 요소요소 고비마다 버팀목이 되어주셨지요. 부모님을 여읜 뒤로는 큰매형과 큰누님이 부모님 같았습니다.

누님, 우리가 태어나서 자란 그 바다를 떠올려 봅니다. 보리, 유채 뒤덮인 논밭들. 그 아름다운 풍경을 잊지 않기 위해 노력했지요. 보통은 머릿속에 담아두기 마련이지만 당신은 직접 사진을 찍고 그림으로 남겼지요. 한 권 한 권 땀 흘려 엮었습니다. 당신이 손수 제작한 수십 권의 앨범들은 그런 날들을 기억하고 있습니다. 가로세로 짜인 비단처럼 소중한 기억을 담고 오랫동안 우리에게 지워지지 않을 무늬를 남길 것입니다.

누님, 당신은 마침내 울겠지요.
사람은 태어나서 누구나 혼자가 된다고 합니다. 결국 오롯이 홀로 남기 위해 사는지도 모릅니다. 그래서 오늘 제가 쓴 편지는 누님께 보내는 것이 아니라 제가 저 자신에게 보내는 마지막 편지라고도 할 수 있겠습니다. 너무 힘들어하지 마세요. 힘이 들더라도 너무 외로워하지 마세요.

"혼자가 아닐 겁니다."

물론 이 말도 위로의 성격을 가졌을 뿐, 현실이 아니라는 것도 잘 압니다. 사람은 결국 '실존'이라는 벽에 부딪히는 존재니까요. 그럴 때는 속절없이 무너져 가는 삶을 관조하면서 쓸쓸한 노래를 부를 수밖에 없지요. 혹시 압니까. 아무도 모르게 쓴 이 편지를 당신이 발견하고는,

"뭐시 급하다고 미리 이별 편지를 써 버렸냐."

가볍게 저를 타박하실지.

오늘 아침도 뒷산에 뜬 해는 바다로 저뭅니다. 가다가다 생명이 여위는 길에 마주치는 풍경이 어둠인지 빛인지, 이도 저도 아니라면 영롱한지 흐릿한지, 형언할 수 없이 찬란한지 말할 수 없이 삭막한지 알려주세요.

한 가지 다행인 것은 우리 기억 속의 그 바다는 언제나 변하지 않는다는 것입니다. 바다는 섬을 부르고 섬은 바다를 위해 흰 갈매기 떼 데려올 테니까요.

옥상에 서 있던 그 청년들은

5월이다. 5월은 어린이날이 있는 달이다. 어버이날도 있고 스승의 날도 있고 성년의 날도 있다. 5월을 싫어할 사람이 있을까? 꽉 쥐어짜면 주르륵 푸른 물이 흐를 것 같은 산과 들, 초록색 펜과 종이를 들고 나가 직접 그리기로 한다. 종이 가득 산을 그린 다음 멋지게 휘어져 돌아가는 강을 그린다. 먼저 피었든 하얀 꽃잎 날리든 강은 어느새 산을 닮아간다.

5월 어느 날, 계엄령이 내리고 시민들이 일어서고 방송국이 불탄다. 개머리판이 춤추고 대검이 번쩍인다. 터미널 근처에서 새까맣게 탄 시체를 싣고 시내에 돌아다니는 사람들. 종이비행기처럼 날아다니는 유인물, 집어 든다. '투사회보', 어디선가 우릴 이끄는 사람들이 있다. 가슴이 두근거린다.

해방 광주! 버스 창틀에 앉아 차체를 두들기는 사람들을 따라 시내로 간다. 중간고사가 무기 연기되고 휴교령이 내린 것만으로 신이 난 우리들은 도청 구경이 재미난다. 오전 10시, 공수부대는 앉아있다. 별일 없어 심심한 오후. 걸어서 집으로 돌아오는 도중 갑자기 폭죽처럼 터지는 총소리. 멍한 느낌, 등골이 오싹하다.

탕탕탕 펑펑펑······.

철없는 나이의 아이들에게 '비극'은 '축제'처럼 다가왔다. 독재자의 억압과 횡포 속 수난으로 점철된 현대사에 자유로 찾아온 5월, 고립에서 완벽히 해방되었다! 인간 사냥이라 일컬을 만큼 끔찍한 현장을 마냥 신기하고 신이 난 우리들은 호기심에 찬 눈으로 여기저기 구경하러 다녔다. 궁금한 점은, 이렇게 비극적인 사건이 벌어졌는데도 세상은 멀쩡하고 아카시아꽃은 피어 자욱하다는 것이었다. 광주역 또는 시내에서 도망쳐 온 청년이 말을 더듬는다. 도청에서 공수부대가 무차별 발포,

"사람을 허벌나게 죽여브렀어야."

도청 앞 상무관으로 들어간다. 앞 사람들이 운다. 나도 따라 운다. 백 오십 여개의 관이 죽 늘어섰다. 독특한 향기가 코를 파고든다. 향냄새와 양초 냄새가 섞인 이상한 느

낌. 한 여학생의 사진이 눈에 들어온다. 열여덟 살, 춘태여상 박금희, 그녀의 어머니로 보이는 여인이 흰 한복을 입고 소리죽여 흐느끼는 모습이 보인다. 네댓 살 정도 되는 소년이 아버지로 보이는 사람의 사진을 안고 있다. 소년의 눈망울에 초점이 없다. 비닐 덮인 관들에서 새어 나온 텁텁한 공기가 허파로 파고든다. 메아리치는 애국가 소리, 건물이 커다란 공명통이다. 따라 부른다. 뜨거운 눈물이 손등 위에 툭 떨어진다.

계엄군은 물러가고 시민들은 뭉쳤다. 광주는 단결했다. 날마다 새로운 세상! 5월 27일, 왠지 불길한 밤이다. 서구 월산동 대성초등학교 사거리 옥상에 서 있는 청년들의 모습이 보인다. 어쩌면 내 또래인 것도 같고, 한두 살 더 먹은 것도 같고, 그들에게 다가간다. 생각보다 많은 수이다. 주먹밥과 물을 건넨다. 이마에 질끈 동여맨 태극기 때문일까 결의에 찬 모습들이다. 총 든 실루엣을 마지막으로 어둠이 감싼다. 잠결에 아스라이 들리는 궤도전차 소리. 기관총 소리. 헬리콥터 소리, 마이크 소리. 여자의 애절한 목소리가 밤공기를 찢는다. 빈 거리에 마이크 소리가 계속 울린다. 가슴이 옥죄어 온다.

"시민 여러분, 제발 나와 주세요!"

"계엄군이 들어오고 있어요!"

총소리는 아침까지 계속된다. 눈을 뜨자마자 건물 옥상을 본다. 아무도 없다. 소름이 돋는다. 책가방을 메고 기웃기웃 내다본 큰길에 모래주머니가 쌓여있다. 골목마다 군인들이 총을 메고 검문한다. 옥상을 지키던 그 청년은 어디로 갔을까? 도청 상무관 광주공원 전일빌딩 YMCA 광주역 버스터미널 금남로 계림동 돌고개 까치고개 학동 양림동 운림동 운암동을 지키던 그 많던 청년들은 지금 어디에 있을까? 무슨 일을 당하고 있을까? 살아 있을까? 어디에 살고 있을까?

잊히는 줄만 알았던 5월이 부활한다. 나종영 시인의 시를 읽으며 분노를 삭인다. 시는 나에게 새로운 시각을 선물하고, 과오를 묻기 위해서 망각과 싸워야 한다고 말한다. 시인은 시로 기억한다.

1980년 5월
죽어서 영원히 사는 혁명의 도시
광주여! 아직 우리는 손을 놓지 않았다
그날 새벽 손이 떨려
차마 총을 쏘지 못한 형제들에게

피비린내를 맡은 야수처럼
담을 타고 넘어와
무차별 학살의 방아쇠를 당긴 검은 손이여
1980년 5월
광주는 아직도 끝나지 않았다.
- 나종영, 「아 5월! 광주는 끝나지 않았다」 부분

상처에 대하여

그는 무자비하게 나를 짓밟았다. 대략 삼십여 분간 나는 그의 폭력에 무방비로 노출되었다. 술에 취한 채 폭력을 휘두르며 번들거리는 얼굴, 비웃는 듯한 표정. 폭행 피해자가 된 나의 육체에서는 여기저기 상처가 났다.

입안에서 비릿한 피 냄새가 퍼지면서 입술이 터졌다. 코피가 흐르면서 셔츠가 붉게 젖었다. 피를 본 그는 더욱더 가혹하게 폭력을 휘둘렀다. 마구잡이로 때리는 동안 시간이 어떻게 흐르는지 아득했다. 나는 넘어진 상태에서 그의 억센 손아귀에 의해 일으켜 세워져 다시 폭력의 대상이 되었다. 번들거리는 그의 눈에서 악마를 보았다. 그는 스물 대여섯 청년이었고 그는 나와 한집에 세 들어 사는 공장노동자였다. 나는 시골에서 올라와 부모 친척 누구 하나 말려줄 사람이 없는 중학교 3학년이었고, 폭력 장소는 내가 사는 집 자취방이었다.

"싸가지가 없는 자식!"

이것이 그가 날 때린 이유였다. 이 '싸가지 없'다는 말 안에는 한집에 살면서 그가 그동안 내게 느꼈던 수많은 감정이 응축된 것이었으리라. 하지만 나는 그가 그렇게 무자비하게 나를 때린 납득할 만한 이유를 찾지 못한 상태였다.

그에게 맞은 뒤로도 한집에 계속 살아야 했는데, 그에게 맞은 이후 그를 대하는 나의 눈빛이 굴복이었는지 저항이었는지 회피였는지 잘 기억나지 않는다. 다만, 마음속 깊은 곳에 상처가 남은 것만은 분명했다. 언젠가 칼이 있으면 확 찔러버리고 싶다는!

이런 육체적 상처도 폭력이지만 정신적 상처도 폭력이라는 것을 나는 체험한 적이 있다. 초등학교 6학년 때였다. 시골에서 전학 온 나를 친구들이 심하게 놀렸다. 우선 말투가 달랐고, 체구가 작아 약하게 보인다는 점 때문이었던 것 같다. 친구들은 여럿이 함께였지만 나는 함께 할 친구가 없다는 것이 가장 힘든 점이었다. 그 친구들이 보기에 나는 재밌는 놀잇감이었고, 내가 힘들어할수록 재미의 정도는 강해졌을 것이다. 나중에 중학교에 올라갔을 때는 그들도 친구가 되는 경험을 하였지만, 시골과 도시의 차별로 인해 어떤 집단에서 소외된다는 것이 얼마나 큰 상처인지를 경험하였다.

상처에는 중력이라는 힘의 원리가 작동한다. 높은 위치에서 낮은 위치로, 비가 내리듯이 바람이 서쪽에서 동쪽으로 불어오듯이 센 사람이 약한 사람에게 상처를 줄 확률이 높다. 예를 들어, 부모가 자식에게, 선배가 후배에게, 남자가 여자에게 상처를 줄 여지가 많다는 뜻이다. 의식적이든 무의식적이든 강자의 입장에서는 괜찮았던 언행도 약자의 입장에서는 상처로 받아들이는 경우가 있다. 군대 계급장이 대표적이다. 한 계급이 높든 여러 계급이 높든 계급의 위계질서를 들먹이며 자행하는 폭력이 그런 경우이다. 폭력은 천박하다.

내가 남에게 준 상처를 잘 기억하지 못하지만 몇몇 사건은 선명하게 떠오른다. 초임 교사 시절 가르치는 일에 익숙하지 않던 나는 학습지도에 어려움을 겪었다. 한 번 힘들었던 경험이 선입견으로 남아 어떤 반에만 들어가려 하면 불쾌했던 기분이 먼저 앞을 가로막았다. 그래서 저질러서는 안 되는 우를 범하고야 말았다.

"버릇없는 놈들이!"

상대를 논리적으로 설득할 수 없을 때 나오는 폭력에 대한 유혹에 빠진 것이다. 학급의 학습 분위기가 좋지 않다는 이유로 학급의 대표에게 책임을 물어 그 반 실장을 매질한 일이다. 그것은 학습지도를 빙자한 폭력이었다. 그 반 학생들을 통솔하지 못한다는 이유로 실장이 책임져야 할 일이 뭐가 있단 말인가! 정말 미안한 마음이 든다. 절대로 해서는 안 될 행동을 하고 만 것이다. 이 외에도 학생들의 자세를 고친다는 이유로 가혹한 말을 많이 했다. 언어폭력이었다. 내가 그의 교정을 도와준다는 이유로 일부러 더 마음을 멍들게 하는 말을 골라서 퍼부었던 일들은 지금 생각해도 낯부끄럽다.

상처는 양가적 성질을 가지고 있다. 남도 나에게 상처를 주지만 나도 누군가에게 상처를 준다는 사실, 남에게 받은 상처는 잘 기억하지만 남에게 준 상처는 잘 기억하지 못한다는 사실. 존재 자체로 상처를 주는 데 그 모든 것을 기억하기는 힘들 수도 있다. 하지만 자기가 준 상처조차 기억하지 못하는 사람 앞에서 상처를 입은 사람은 굴욕을 체험한다.

굴욕을 체험한 상처는 '트라우마Trauma'로 남는다. 트라우마는 과거에 경험했던 공포와 같은 순간이 발생했을 때 당시의 감정을 느끼면서 심리적 불안을 겪는 증상이다. 정신적 외상을 가리킨다.

　특히 마음의 상처, 가정폭력, 학교폭력, 성폭력 등 폭력으로 인한 상처가 크게 작용한다. 보통 상처를 많이 받으면 성격이 거칠어진다고 한다. 부정적 사고를 가지게 되는 경우가 많고 범죄를 저지를 확률도 높아진다. 소위 '지존파 사건'에 가담했던 범인들도 어린 시절 가정폭력에 시달렸다는 보도를 접한 적이 있다. 이들은 폭력을 당한 분노를 대 사회적으로 표출하였다. 부유층에 대한 증오를 행동으로 나타내며 조직을 결성하였다. 사체를 유기하기 위한 사체 소각시설을 갖추었던 것으로도 충격을 주었다. 인육을 먹는 등의 경악스러운 행동을 보인 끔찍한 사건이었다.

　나에게 상처는 트라우마로 작용했을까? 중학교 3학년 때 집에서 그 청년에게 폭력을 당한 후 나도 모르게 폭력에 대한 유혹을 느끼는 경우가 있었다. 군대에서 수없이 구타를 당하고 폭력을 경험한 것이 보태졌을까 나도 모르게 후임병들에게 폭력을 행사하고 싶은 충동을 느낀 것도 사실이나 실행에 옮긴 경우는 많지 않았다고 위로해 본다.

　현대인들은 정서불안, 우울증 등의 고통에 시달리는 경우가 종종 있다. 뭉크처럼 불안이 예술로 승화되는 경우가 없는 것은 아니지만 불안은 또 다른 불안을 낳는 문제가 있다. 상처에 노출된 경험이 많은 사람들, 특히 굴욕의 감정을 경험한 사람들이 받는 정신적 상처는 매우 크다.

불안이 과도해지면 일상생활이 어려워지고, 차라리 생을 포기하는 것이 낫다는 잘못된 결론이 이르기도 한다. 불안이 불안을 포기하게 되는 악순환. 신경쇠약이라는 강박장애 증상을 경험할 수도 있다.

내 선택은 틀렸다

우유부단이라는 말이 있다. 단번에 결정해야 할 때 갈팡질팡하며 스스로 결단하지 못해 상습적으로 유보하거나 끝내는 다른 이의 선택이나 명령에 따르게 되는 수동적인 태도를 가리킨다. 평소 망설이기를 잘하는 내게 꼭 맞는 말이다.

예를 들어, 음식점에 가서 먹을 것을 고르라고 하면 순간 고민에 빠진다. 음식의 가짓수가 많을수록 결정이 더 어렵다. 그래서 나는 뷔페에 잘 가지 않는다. 다양하게 차려진 음식들이 보기에는 좋지만 막상 먹을거리가 많지는 않다고 판단한다. 어떤 때는 먹을거리가 너무 많아 뭘 먹었는지도 모르게 허겁지겁 돌아다니다가 만족스럽게 먹은 기억이 별로 없다. 허기에 길들여진 사고는 걸신들린 듯 음식을 탐하다가도 그 자리에 먹으라고 데려다 놓으면 제대로

된 영양을 섭취하지 못하는 일종의 선택 장애.

우유부단은 사회생활 하는 데 많은 어려움을 불러왔다. 어릴 적에는 남 앞에서 생각을 잘 밝히지 못했고, 좋아하는 대상이 있어도 고백할 줄 모르는 소심함으로 인하여 입는 상처가 컸다. 선택 장애는 자존감이 낮기 때문에 발생한다. 나 자신, 객관적으로 판단하기 어려운 낮은 자리에 놓기 때문에 남 앞에서 항상 찌그러져 있다. 덩치도 작고, 말도 잘못하고, 지도력도 부족하고, 게다가 머리도 나빠 수많은 정보 속에서 비교·대조를 통해 걸러내는 능력도 현저히 약했다.

수학 과학에 취약했던 나는 대학교의 학과를 결정하지 못해 망설여야만 했다. 누군가 꿈을 물어보면 마음속으로 변호사, 교수 등 선망하는 직업이 있었지만 막상 내 것으로 하려면 어느 것 하나 만만한 것이 없었다. 진학할 학과 결정을 못 하고 있을 때 나를 딱하게 여기신 고3 담임 선생님께서 너는 국어를 좋아하고 글쓰기를 잘하니 국어 교사가 되어 글을 쓰라고 하시면서 사범대학 진학을 권하셨다. 대중 앞에서 말하기 힘들어하던 나는 분명 교사라는 직업을 피해야 했지만 다른 선택지가 없었으므로 덜컥 그 권유를 받아들여서 결국 국어교육과에 진학하였다.

대학교에 진학한 나는 선배의 여자 친구와 꽤 오래 만난 적이 있었다. 그녀가 왜 나에게 기댔었는지, 나는 내 여자 친구도 아닌데 왜 만남을 지속했는지, 애인도 아니고 친구도 아닌 어정쩡한 관계를 수용했는지 의문을 가져본다. 오랜 시간이 지난 지금 돌이켜보면 나는 분명 그녀에게 이성적으로 끌리는 상황이 아니었고, 선배의 여자 친구인 관계로 설령 어떤 끌림이 있다 하더라도 그것은 내 몫이 아니라는 것을 감지하고 있었다. 그녀와 나는 산책하다가 인근 산 아래 절 마당에 앉아 노랗게 물들어 가는 늦가을을 감상할 기회가 있었다.

그녀는 내게 노래를 불러달라고 했다. 이 부탁도 분명 거절해야만 했다. 하지만 음치임에도 불구하고 나는 노래 부르기를 선택했고, 그녀를 위해 노래를 부르기 시작했다.

"너의 침묵에 메마른 나의 입술……"

노래를 부르면서 알았다. 이것은 관계에 대한 불길한 예감이었다. 부르던 노래를 다시 집어넣을 수는 없었다. 그녀는 나를 떠났다. 그녀가 나를 선택하지 않기 때문에 나는 한동안 침묵으로 안타까운 감정을 다스려야만 했다.

살다 보면 여러 번 선택의 갈림길에 선다.

학교 직장 사업 결혼 주택 등등 인생의 향방을 결정하는 중요한 것들, 버스 타기 커피 마시기 물건 고르기 횡단보도 건너기와 같이 사소한 것들. 결정을 하지 못해 미루고 미루다가는 끝내 좋은 기회를 놓칠 때가 많다. 대체로 나는 신중하게 생각하다 종내에는 아무렇게나 저지르는 스타일인 듯하다. 신중하게 생각하다 보면 그 생각이 한없이 많아져서, 나중에는 무슨 생각을 하였는지 실마리조차 묘연해지기 마련, 어쩔 수 없이 뒷수습하기 위해 전전긍긍한다. 시 쓰기를 좋아하던 나는 군 입대 전 한 가지 미션을 수행하듯 서울로 존경하는 시인을 찾아갔다. 만남을 요청하는 전화를 드렸다.

"꼭 뵙고 싶습니다."

"시간이 없네."

나는 발끝만 내려다보다 돌아왔다. 도대체 뭐 하자는 짓이었을까 이것 또한 우유부단한 성격 탓이다. 한 번의 거절로 물러날 것이 아니라 끈질긴 인내력으로 끝끝내 만나서 내 편으로 만들어야 하지 않았을까.

한 번의 선택으로 커다란 행운을 만날 때도 있고 커다란 불행을 만날 때도 있다. 여행 갈 때 아슬아슬 비행기표를 놓쳤는데 그 비행기가 추락한다든가 고속도로에서 나를 추월한 차가 사고 난다든가 로또를 샀는데 고액의 복권에

당첨된다든가 입지가 별로 좋지 않은 집을 샀는데 주변이 개발되어 가격이 몇 배로 오른다든가 등등

사람들은 대개 '~하였더라면'과 같이 표현하여 과거를 돌아본다. 나에게도 여러 번 그런 경우가 있었다. 제일 아깝게 생각되는 것은 시와 직장 사이에서 직장을 선택했던 일이다. 대학교 졸업 직전 시와 직장 사이에서 고민했었다. 시를 선택하면 궁핍을 끼고 살아야 했을 것이고 직장을 선택하면 끼니를 해결할 수 있을 것이다. 결국 직장을 선택해서 일하는 동안 시를 놓아야만 했다. 7~8년 동안 시를 멀리할 수밖에 없었고 나의 전성기는 사라지고 말았다. 만약 온갖 고통을 무릅쓰고 시를 선택했더라면 지금쯤 꽤 유명한 시인이 되지 않았을까 선택의 결과는 가정형의 바람이 덧씌워지기 때문에 항상 아쉬울 수밖에 없지만, 나의 깜냥으로 시를 선택해서 시인으로서의 삶을 견뎌내기 힘들었을 것 같다.

어떤 상황에서도 선택에는 후회가 따라오기 마련이다.

그러므로 나의 선택은 대개 틀렸다는 사실을 알게 된다. 선택은 선택 그 자체로 의미가 있다. 그 선택마저 잊는 것이 후회하지 않는 방법이다. 선택한 길을 믿고 선택하지 않은 길을 잊고 내 일에 집중하다 보면 아무리 나쁜 선택도

좋은 선택으로 바뀐다.

인생사 새옹지마라는 말이 있다. 어떤 선택의 순간이 지나고 나면 우연이 필연이 되고, 필연이 우연이 되기도 하는 것처럼 변방에서 놓친 말이 뜻밖의 행운을 가져다주기도 한다.

나의 우유부단함은 늘 선택 장애로 이어져 단 한 번도 선택에 성공한 적이 없다고 느끼지만 어쩔 것인가 이 또한 선천적인 선택 장애인 것을. 선택의 순간을 행복으로 여기고, 더 좋은 일이 올 것이라 기대하면서 사는 수밖에.

보랏빛 등을 켜다

낭만은 슬픈 이야기다. 처음에 행복하게 시작했다가 불행하게 끝나는 경우가 많다. 그런데 나는 불행했던가, 행복했던가.

스물한 살 무렵, 입대를 미루던 나는 군대에 가기 전 멋진 연애를 꿈꾸었다. 때마침 국문학과에 다니던 친구가 여자 친구를 만나러 대전에 간다는 말을 들었다. 함께 가자고 졸랐다. 그 친구는 여자 친구를 실제로 만날 수 있을지 없을지 모른다는 다소 애매한 말을 흘렸다. 여행 삼아 다녀오기로 했다.

선약도 없이 친구와 나는 친구의 여자 친구가 다닌다는 대학교로 갔다.

중간고사 즈음이었으니 5월 초 아니면 5월 중순쯤 되었을 것이다. 대전의 모 대학 캠퍼스에는 등꽃이 피고 있었다. 등꽃은 보랏빛 등을 켠 것 같았다. 그윽한 향기가 났다. 친구는 자기 여자 친구를 만나러 강의실로 찾아가고 나 혼자 남아 등나무 아래 벤치에 누워 길게 뻗어 있자니 한 여학생이 다가와서 반대편 벤치에 앉는 기척이 들렸다. 곁눈질로 슬쩍 보니 국문학과 서적을 안고 있었다. 마침 심심하기도 하고 궁금하기도 했기 때문에 일어나 앉아 불쑥 말을 걸었다.

"혹시 국문과 아니세요?"
"……"
"여기 소개해 줄 수 있나요? 처음이라서."
"네,"
단순한 수작이었는데 여학생은 의외로 진지하게 대답해 주었고, 이 대학 국문학과 재학 중 나와 같은 학번인 것을 알게 되었다. 아담하고 야무지고 귀여운 인상이었다. 친구가 돌아오기 전 한 가지 확인할 게 있었다.
"주소 좀 가르쳐주세요. 우리 학교 신문 보낼게요."
"책에 씌어 있는 이름 맞죠? 학과 사무실로 보낼게요."
함께 앉아 이런저런 이야기를 하면서 바라보니 등꽃이 지는데 보랏빛 등이 꺼지는 것 같았다. 나는 긴 팔을 벗지 않았지만 그녀는 반소매 차림으로 초여름 느낌이 났다. 멀리서 친구가 오고 있을 때, 그녀는 수업 들으러 가야 한다며 자리에서 일어섰다. 나는 방금 누굴 만났는지 아련하다는 생각이 들었다. 꿈을 꾸고 나온 것처럼 아득했다. 세상 일이 모두 시큰둥하던 때의 일이었다.

그로부터 몇 달 후, 그녀가 생각나서 학교 신문에 주소를 써서 그녀의 학교로 보냈다. 두어 번 더 보냈던 것 같다. 일 년 후 다시 보랏빛 등이 켜질 때 나는 친구에게 불현듯 내 여자 친구를 만나러 그 대학에 다시 놀러 가지 않겠느냐는 제안을 했다. 친구는 자기 여자 친구와 헤어진 후였고, 내가 만나러 가는 그녀는 나를 기억이나 할는지 도무지 알 수 없는, 미친 짓이나 다름없었지만. 일 년 전 그 자리에 두고 온 사람을 찾으러 가야만 한다는 생각에, 마음이 몹시 다급했다. 다시 대전 그 대학에 가서 국문학과 과사무실을 찾아갔다. 수업 시간을 알아보고 강의실에 도착했다. 얼마나 기다렸을까 강의가 끝나고 밖으로 나오는 그녀와 한 번에 눈이 마주쳤다. 뜨악, 놀라는 눈빛.

"거절당하러 왔습니다."

"가요, 점심은 제가 살게요."

떼 부리듯 서 있는 나를 보고 빙긋 웃으면서 그녀는 의

외로 흔쾌히 맞이해 주었다. 대학교 앞 음식점에서 제법 비싼 점심을 사주었다. 시골이 고향인 그녀는 언니 집에 얹혀사는 처지였고, 일주일에 한 번 가는 시골집 주소를 가르쳐 주었다. 그곳으로 나는 가끔 편지를 보냈고 서대전역 근방에서 일방적으로 약속을 정한 후 무작정 기다리기, 엇갈려 버린 약속 때문에 못내 아쉬워하기를 반복, 입대하기 사흘 전 대전역에서 그녀를 만났다. 그녀는 나를 대전에서도 번화가라 불리던 은행동으로 데리고 가서 맛있는 저녁을 사주었다. 대추차였든지 감잎차였든지 몸에 좋은 차도 대접해 주었다. 시골집으로 간다는 그녀의 버스 시간에 늦어 시외버스 정류장까지 숨이 넘어가도록 달려 막차로 태워 보냈다. 밤 깊어 나 혼자 여인숙으로 들어갔다.

입대와 신춘문예 마감이 코앞이었다. 여인숙 선반에 신발을 올려놓고 숙박부에는 가짜 이름을 대충 휘갈긴 다음 만년필로 원고지에 또박또박 시를 썼다. 「서두터 일기」, 「연탄 불빛이 있는 시장」, 이 두 편의 제목이 생각난다. 연말에 친구에게 부탁해서 시를 부치고 나는 입대했다. 1985년 동아일보 신춘문예 최종심에서 탈락했다는 소식이 담긴 신문을 복사해서 보내주었다. 눈보라 휘날리는 강원도 철원 전방부대 경비초소 근무 중에 내가 떨어지고 기형도 시인이 당선되었다는 기사를 읽었다. 심사평에 내 이름과 시 제목, 시에 대한 평은 한 줄로, 기형도 시인의 얼굴과 시, 당선 소감은 한 면 전체에 실려 있었다. 두 겹 겹쳐 낀 두툼한 장갑 위로 눈물이 툭, 이때 당선된 시가 기형도 시인의 그 유명한 「안개」이다.

　그녀는 강원도 철원 군부대에 면회를 왔다. 군복은 낡아서 색이 바랬고, 손은 부르터서 살갗이 갈라진 나를 만나러 온 빨간 바바리코트 아가씨 그녀가 "후후" 내 손에 입김을 불며 신기한 듯이 웃었다. 나는 어울리지 않게 큰 방한모를 벗어 그녀의 머리에 씌워주었다. 그녀와의 첫 면회는 한 시간 만에 끝났다. 그녀 집으로 가는 버스 막차 시간이 오후 세 시였기 때문이다. 그 후 고대하던 첫 휴가를 나와서 대전으로 갔다. 한여름 반 팔 차림의 그녀를 만나 동학사로 갔다. 군복을 입은 나와 하이힐 신은 그녀가 산행을 시도한 것이다. 그녀는 넘어질 뻔 군복 입은 내 팔에 간당간당 매달렸고, 우리는 '은선폭포'가 있다기에 찾으러 올라갔고, 함께 긴 시간을 보내고 싶었지만 부모님이 걱정하실까 봐 막차 이전에 시외버스를 태워 보냈다. 첫 휴가 복귀 후 그녀의 소식은 끊겼다. 나는 영문도 모른 채 좌절했고, 내가 알고 있는 연락처는 그녀의 시골집밖에 없어서 그곳으로 일주일에 한 통씩 편지를 썼다. 결국 연락 두절. 오래 마음이 아팠다.

그로부터 꽤 많은 시간이 지난 어느 날 우리 시골집으로 편지가 왔다. 연락이 닿아 다시 만났는데 그녀가 뜬금없이 물었다.

"우리가 왜 헤어졌죠?"

먼저 연락을 끊은 사람이 누군데, 내가 물어야 할 말 아닌가? 오랜 세월 후 이제야 헤어진 이유를 묻는다. 뭐라 대답해야 할까? 할 말이 없어 나는 둘러대었다.

"운명, 아닐까요!"

그녀는 두 손으로 얼굴을 가리고 울었고, 자신이 아프다고 말했다. 말을 듣고 보니 얼굴색이 많이 안 좋아 보였다. 무슨 문제가 생긴 게 분명했다. 그리고 헤어졌다. 다시 전화 연락이 닿았을 때 그녀는 아주 많이 아프다고 말했다. 먼 거리에서, 무심하게, 중병에 걸렸다고. 나는 입원한 병원을 물었지만.

그녀는 끝내 가르쳐주지 않았다.

아직도 너를 기다려

어릴 때 꿈은 동네 작은 서점을 하면서 종일 책을 보는 거였다. 돈 주고 구할 수 없는 신간 서적을 매일 보는 것도 좋을 것 같고, 책의 향기를 실컷 맡아볼 수 있는 구석 자리도 좋을 것 같았다. 파리나 쫓으며 종일 읽고 싶은 책을 마음껏 쌓아놓고 읽을 수 있는 약간 늙수그레한 아저씨, 콧등에 걸친 초월한 자의 눈빛을 갖고 싶었다.

조금 더 커서는 누군가를 기다리기 위해서 서점엘 갔다. 광주에는 삼복서적과 나라서적, 충장서림이 있었다. 초중등 시절에는 삼복서점엘 주로 갔는데 서점이 망해서 나라서적으로 옮겼고, 대학교 때는 나라서적엘 주로 갔는데 서점이 망해서 충장서림으로 옮겼는데, 언제부턴가 충장서림도 보이지 않는다. 서점이 망하는 속도가 사람들이 책에서 멀어지는 속도와 비슷하다고나 할까.

서점에서 약속을 하면 상대방이 조금 늦어도 기다리는 데 편리하다. 미리 가서 책을 읽고 있으면 마음이 안정되고, 그 사람과의 관계를 상상하는 일이 즐겁다. 사랑과 이별, 만남과 헤어짐, 성공과 몰락, 병과 약, 전쟁과 평화 이런 내용 담은 책들을 읽다 보면 시간이 한없이 쌓이고, 쌓인 시간 속에서 나는 늘 주인공이 되어 달려 다녔다. 책 속에서는 자유로운 영혼.

기다리던 사람이 와서 깜짝 놀라게 할 때 그 즐거움이란, 그녀가 빨간 털실로 짠 모자를 쓰고 있거나 벙어리장갑을 끼고 있다가 따스하게 데워진 손길로 나의 볼을 살짝 꼬집기라도 한다면, 기다림은 황홀함으로 승화될 것이다. 나처럼 내성적인 사람이 할 수 있는 일은 사랑에 대하여 그리움에 대하여 은은하게 채색된 언어의 시집을 들고 선물을 할까 말까 망설이는 것이다. 아무도 내게 그렇게 하라고 명령한 적은 없으나 나는 늘 서점에서의 만남을 꿈꾸고 서점에서의 헤어짐을 기대해 왔다. 하지만 많은 경우 기대와 다르게 기다림은 기다림으로 끝나는 경우가 많았다. 그럼에도 불구하고 기다림은 기다림 그 자체로 즐겁다. 인생은 기다림의 연속 아니던가.

오늘도 나는 내가 지은 책이 매장 한가운데 놓여있기를 바라며 서점에 가지만 한 번도 내 이름으로 지은 책을 발견한 적이 없었다. 내 책은 있으나 마나 한 존재였다. 나는 무명작가이다. 그런데 그 '무명無名'이란 말이 좋다. 이 말은 무명無明이라는 말과 음이 같다. 이름이 없다는 말은 아직 빛을 보지 못했다는 말, 그럼 어떻다는 말인가? 무명은 무명으로서 자유롭다. 아무도 기억하지 못할지라도 무명은 존재하는 것 자체가 존재의 이유다.

사라져가는 서점을 위하여 내가 한 일은 무엇일까? 흔적도 없이 사라져가는 것들이 한두 가지가 아닌데 유독 서점에만 마음을 쓴다면 그것도 공평한 것은 아니지 않은가? 시장 골목 정겨운 가게들, 밥집 술집 가방상점 모자 판매점 귀금속 가게 그릇 가게 혼자 머쓱하게 들어갔다가 머쓱하게 나오고 마는 화장품 가게 속옷 가게 몇 년 전까지도 있던 음반 가게 오래된 거리일수록 명맥을 유지하는 것들.

작은 가게를 운영하는 사람에게 상을 주어야 한다. 초겨울이 되어 일찍부터 어둑어둑한 거리를 밝게 비추려는 노력. 요즘엔 반찬가게를 애용한다. 식구가 줄어 많은 양을 준비하기보다 간단한 조리를 거친 적은 양의 반찬을 구입할 때가 많다. 우리가 평소 이모 고모라고 부르는 정겨운 손길의 아주머니들이 구입한 반찬에 한 가지 더 얹어주는 인심이 살아있는 반찬 가게. 반찬 가게에 갈 때는 빈 그릇을 준비해 갈 때가 많다. 종류별로 플라스틱 포장지를 이용하는 것을 보면 나 스스로가 환경오염에 앞장서는 기분이 들기 때문이다. 내가 주섬주섬 그릇을 내놓으면 아주머니들은 대개 "남자가~" 어쩌고 하면서 알뜰하다고 칭찬을 해준다. 나는 어쩌면 그러한 식의 관심을 바라는 것인지도 모른다.

요즘은 무인 가게가 많이 생겨난다. 장점도 있다. 추운 겨울날 남 눈치 안 보고 잠깐 몸을 녹이고 갈 수도 있고 아무도 말을 걸지 않는 가게 안 자유롭게 구경할 수도 있는, 감시의 눈은 곳곳에 있으므로 허튼짓을 허용하지 않는다. CCTV가 있고 '인증'이라는 제도가 생겨 함부로 가져갈 수는 없다. 뭔가를 증명해야 하는 번거로움 또는 낯섦 때문에 집 앞 가게를 놔두고 상당히 떨어진 마트를 이용하는 내게 두려움이 엄습한다. 갑자기 손이 내려와 나의 목을 조르는 꿈에 시달린다. 가게들에서 사람의 손길이 사라져간다는 것은 그만큼 노동력이 귀해진 것이기도 하고, 사람들 사이의 관계가 멀어진 것이기도 하다.

그런 의미에서 나는 작은 가게들이 많이 생겼으면 좋겠다고 생각한다. 아파트처럼 규격화된 동네는 물론 정겨움이 많이 남아 있는 옛날 동네에도 "안녕하세요?"하고 명랑하게 인사를 주고받는 가게들이 앞으로도 많이 생겨서 인간다운 환경이 만들어졌으면 좋겠다. 밤늦게 슬리퍼를 끌고 나가 호빵 하나 사 들고 올 수 있는 가게, 갑자기 말을 듣지 않는 선풍기 들고 나가 고칠 수 있는 가게, 못 장도리 나무토막을 구해다가 토끼집을 만들 수 있는 가게, 작은 가게들이 좋다.

나부터 달라져야겠다. 마음의 정처인 소중한 존재들에게 관심을 가져야겠다. 언젠가부터 하나둘 사라져 버린 서점엘 다시 가야겠다. 가서 책을 사야겠다. 그곳에서 아직도 너를 그리며, 너와 약속해야겠다. 다시 너를 기다려야겠다.

서점이 켜놓은 노란 불빛, 그 골목을 사랑한다.

사십이 년 만의 동창회

세상 모든 처음에는 설렘이 들어있다.

초등학교 입학 무렵의 쌀쌀한 날씨가 어렴풋이 기억난다. 코를 찔찔거리던 나는 목에 수건을 두르고 있었을 것이다. 내 옆 말고 앞줄 다른 친구의 옆에 서 있는 빨간 스웨터의 아이에게 눈길이 간다. 그 애는 시골에서 드물게 딴 머리끝에 리본을 달고 있었다. 잘 기억나지 않지만 참 귀여웠다는 생각이 든다.

대학 일 학년 초 개강 날 계단을 오르던 기억이 난다. 설렘보다는 약간 시들한 기분이 앞섰던 것 같다. 별로 새로울 것이 없을 거란 지레짐작으로 시큰둥했던 듯하다. 공직 근무 중인 큰매형의 영향으로 애초 법학과에 가서 고시 공부를 하는 것이 어떨까? 생각했던 나는 기대했던 과가 아닌, 사범대학 국어교육과에 입학했기에 잘 모르는 세계에 발을 들여놓는 것처럼 낯설었다. 천장이 높은 강의실 안에는 서른대여섯 명의 학생들이 앉아있었다. 초등학생같이 떠들지도 않고 얌전했다. 미래 선생님이 될 학생들의 특성이었을까. 약간 어깨에 힘이 들어간 남학생도 두어 명 들락거렸다. 나는 뒷줄 어딘가에 앉아 어서 끝나기만을 기다렸다.

쭈뼛쭈뼛하고 있는데 정적을 깨듯이 우리보다 나이가 한참 위이고 지도교수뻘 되게 보이는 복학생 형채. 철원, 관현 세 형님이 나타났다. 비로소 구성원들이 다 채워졌다.

뻘쭘함을 무릅쓰고 자기소개를 했고, 봄 야유회와 체육대회 건에 대한 의견을 주고받았던 것 같다. 야유회 때는 자신 없는 노래도 불렀던 것 같고, 소프트볼 시합에서 목이 터져라, 응원했던 것도 같다. 강의실 책상에 불온한 유인물이 뿌려져 있기도 했고, 지하 서클 선배들이 비밀리에 접촉해 오기도 했지만 대체로 얌전한 분위기가 유지되었다. 첫 방학 때 고향에 갔다 와 보니 그새 정이 들었는지 동급생들이 반가웠다. 반갑다는 말도 못 해보고 꿀 먹은 벙어리처럼 내내 학과를 떠돌았다. 습작시를 써서 노트에 적으며 막연히 시인이 되는 꿈을 꾸었다. 어떤 친구가 불의의 사고로 죽어 그 친구 장례식장에 갔던 기억이 나고, 그 친구의 여자 친구가 슬피 울었던 기억도 난다. 강의 빼먹고 무등산에 갔던 기억도 나고, 가을 잎이 물들 때 지리산에 가서 야영했던 기억도 난다. 여학생들도 몇 명 갔던 것 같고, 남학생들은 노숙자처럼 초췌했다. 학과생들과 긴밀한 유대관계를 갖지 못했지만 또 몇 번의 방학이 지나갔고, 몇몇은 군대에 가고 몇몇은 학교를 그만두었다. 나는 별 이유도 생각해 보지 않고 문학회의 오리엔테이션에 갔고, 막걸리 몇 잔 얻어 마신 후 동아리 회원이 되어 학과 수업보다 동아리 모임에 가서 더 많은 시간을 보냈다.

"나를 키운 건 팔 할이 방황이다."

취생몽사 중얼중얼 제정신이 아닌 날들이 계속되었다.

'나락문학회 회장' 자격으로 동아리연합회에 참석했고, 유인물을 준비했다. 집에는 들어가지 않았고, 봉한 형 하숙 등 한 달 내내 남의 집을 떠돌았다. 내가 없는 사이 형사가 찾아왔다. 농성동 둘째 누이의 집에 얹혀살던 때였는데, 형사는 매형을 만나고, 매형이 양복점을 하는 관계로 바지도 두어 벌 맞추고 갔다. 어이가 없었다. 동부경찰서에 출두하라는 고지를 받고 경찰서 이층 사무실에서 더 이상 동아리연합회를 하지 말고 군대 가라는 통보를 받았다.

그렇지 않으면 위험할 거라는 협박도 곁들였다. 겁이 많은 나는 군입대를 지원했다. 복무기간 3개월 긴 공군 대신 육군 근무를 선택하여 강원도 철원 전방부대로 향했다. 그렇게 학창 시절이 끝나버렸다. 많은 것들이 아쉽고 많은 것들이 그리웠다.

"우리 한번 만나 봅시다!"

오랜 시간이 흘러 몇몇의 제안으로 학회장이었던 형채 형님이 '톡방'을 개설하고, 아는 대로 연락처를 주고받았다. 사십이 년 만의 대학동창회는 인생 중간 성적표를 받는 기분이다. 간간이 교류를 해왔던 사람들 말고 정말로 사십년 만에 만나는 친구가 제일 신기했다. 사십 년 전 상상했던 모습과 비슷한 친구들도 있고, 달라진 친구들도 있었다. 현직에 있거나 퇴직을 했거나 각자 맡은 곳에서 묵묵히 자신들의 일을 수행했다는 인상을 받았다. 전공학과와는 관계없이 회사원이 되거나 병원을 운영하는 친구도 있지만 대부분 교직에 근무하다가 이미 퇴직했거나 퇴직 준비를 하고 있었다. 그중에서 명예퇴직하고 제 고장의 지킴이를 자처하는 친구는, '유달산 최 선생'이라는 별명으로 불러 달라고 했다. 그때도 목소리가 컸는데 여전히 커서 놀라웠다. 그때 우리 대학 전체 수석을 했던 친구는 여전히 똑똑했고, 유난히 새침했던 여학생은 여전히 새침했고, 환하게 잘 웃던 여학생은 여전히 잘 웃었다.

살아가면서 누구나 맞이했을 법한 위기는 겉에서는 잘 보이지 않았다.

취업 결혼 직장을 비켜 간 친구는 아무도 없는 것 같았지만, 초로의 빛깔들이 군데군데 보인다거나, 손자 손녀를 보았다거나 하는 등의 일반적인 사항으로 설명할 수 없는 삶의 굴곡은 어디에 숨어있는 것일까. 앞 세대보다는 유리했다 하더라도 우리 세대가 겪어야 했던 생의 부침은 무엇으로 설명될 수 있을까. 이 자리에 오지 못한 친구들의 안부가 그것을 증명하는 것도 같았다. 영영 먼 길을 떠나버려 앞으로도 만날 수 없는 친구가 몇 명, 그저 연락이 닿지 않는 친구들이 서너 명, 연락은 닿았으나 모습을 보여주기 싫었거나 보여주기 위해 준비하는 친구들도 여러 명 있었다.

초중고 동창들과 다르게 다들 점잖았다. 차분하게 이야기를 풀어나가는 모습을 보니 대학 초년 시절과 다른 점이 없는 것 같은 착각을 불러일으켰다. 비슷하면서 다른 인생의 행로. 같은 방향으로 가고 있는데, 서로의 존재를 의식하지 못하고 살아가는 운명체들. 이제 와서 방향을 틀기도 어렵고, 같은 곳을 보자고 말하기도 어색한, 무정도 유정하고, 유정도 무정한 사이. 하지만 각자의 몫만큼 소중히 껴안고 가는 친구들에게 말해주고 싶다.

"그대가 있어 나도 있을지니. 부디 안녕하시길!"

아무도 모른다. 십 년 후, 이십 년 후, 삼십 년 후를 기약할 수 있을지 없을지 아득하다. 다만 한 가지 분명한 것은 이제부터가 새로운 시작이라는 것이다.

또 다른 출발점에 선다.

지구와 달의 거리

　지구를 따라 도는 달처럼 나의 사랑은 밤낮 쉬는 법이 없어서 어떤 날은 밀물로 어떤 날은 썰물로 너를 당겼다가 놓기를 반복하지.

　우리가 맨 처음 만난 것은 추운 겨울, 어쩌다 한 번 본 얼굴을 잊지 못하고 무슨 핑계인지를 만들어 다시 만나고 또 만나고 그러기를 거듭, 점점 더 가까워졌지. 눈 오는 날 썰매 끌듯 너의 손을 잡고 앞으로 당겨주었던, 영화의 한 장면에 나올 법한, 흔히 하는 사랑의 형태들. 눈 뭉치 던지면서 쫓아가고, 눈송이를 털어내느라 까르르 웃고, 그런 날들이 천천히 흘러갔지.

　혹시 아니? 엇갈린 궤도를 돌던 우리가 같은 궤도를 일정한 간격으로 돌게 된 계기를? 점점 눈에 차오르기 시작했고 두 눈에 핏발이 서듯 너는 들어섰을 거야. 아직 때가 아니라며 거듭되는 이별 요구에 나도 그만 지쳐 놓아버리고 싶었지만 겨울 들판에 싹튼 움처럼 견뎌야 한다는 것을 알았지. 텅 비어 아무것도 있지 않을 것 같은 그런 들판에서도 풀은 푸르렀지.

봄같이 향기로웠지. 너를 지켜보는 나의 마음은 꼿꼿이 서 있는 것이어서 나는 인내하지 못하고 자주 만날 것을 희망하였고, 우리는 마침내 가까운 사이가 되었지. 그래도 아직 잘 몰랐었다. 네가 얼마나 아름다운지, 그것을 멀리하는 고통이 얼마나 큰지, 너도 물론 너 자신에 대해 잘 몰랐을 테지만, 나는 네가 신대륙처럼 신기했어.

서로 당겼다 놓기를 얼마나 오래 하였을까, 원래는 내가 너를 따라 돌았는데 함께 있기로 다짐한 뒤로 네가 나를 따라 돌기 시작했고, 우리는 가끔 서로를 더 가까이 끌어당기지 못해 안타까워했고, 너무 가까워서 각자의 그림자 때문에 캄캄한 빛 뒤에서 숨죽여 우는 날도 있었지.

"왜 나만 너를 사랑하는 것 같지?"

이런 의문이 들 때쯤 신은 우리에게 시련을 선물했지. 언제나 씩씩할 것 같던 네게 병이 찾아왔고, 나는 건강 살필 것을 충고했지만, 너는 나의 말을 잘 듣지 않았고, 결국 쓰러져 버렸지. 그 후 나는 깨달았어. 너 없는 나는 아무것도 아니라는 것을. 내 밤에 뜬 달은 너뿐이며, 달 없는 밤엔 아무것도 보이지 않는다는 것을,

빌고 또 빌었지. 그동안의 무심함을 버리고 열심히 복종할 테니 네가 잃었던 것을 제발 되찾게 해달라고. 어찌어찌 다시 좋아지기 시작한 너를 보며 나는 참으로 많은 생각을 하게 되었지. 너와 나는 지구와 달처럼 빛나는 별은 아닐지라도 이 광활한 우주 어디엔가 하나의 먼지처럼 날고 있다는 것을. 그 운동을 계속하기 위해서는 서로 사랑해야 한다는 것을. 있는 힘껏 끌어당기지 않으면 결국 언젠가는 서로에게서 멀어져 버리고, 한 번 멀어져 버리면 다시 끌어당기기는 어렵다는 것을.

"왜 이렇게 괴로울까?"

이런 의문을 가진 적도 있었지. 그것을 외로움이라 정의했고, 아무리 극복하려고 해도 힘이 들었어. 왜 나만 이런 고통을 겪어야 하는지 억울하다는 생각을 한 적도 많았

지. 이런 이야기를 대놓고 할 수가 없어서 나는 또 마음고생을 했는데, 내가 그러는 사이 너도 참 많이 힘들어했으리라는 것을 나중에야 알게 되었지.

누가 누구를 사랑한다는 것은 햇살을 가두는 것과 같아서 가만 놓아두면 저절로 따뜻해지기도 하지만 자꾸 들썩거리면 오히려 차가워져 역효과를 가져오지. 그리움도 사랑도 너무 열심히 하지는 말아야 한다는 점 유의했으면 좋겠어. 정열을 가장한 열정은 때로 지나치는 법이어서 자칫하면 간섭이 될 테니까.

손해와 이익을 따져보면 수지타산이 맞지 않는 이 일을 왜 하나 싶다가도 내가 너를 사랑한다는 것이 너의 행복을 지켜주기 위함이 아니라 나의 행복을 지탱하기 위함이라는 것을. 너는 또 내게 왜 이런 이야기를 이제야 하는 거냐고, 자기도 그런 생각을 한 적이 있다고, 타박 아닌 타박을 하겠지만 세상에는 설명 불가능한 것도 있지 않겠어? 변명처럼. 참 우스운 것이 사람 사이의 일이야.

너에게 묻기로 했어. 나의 어떤 점을 사랑하느냐고. 너는 끝내 대답을 하지 않을 것이고, 자꾸 물으면 귀찮은 표정으로 "그냥"이라고 대답하겠지. 나는 나대로 너의 어떤 점을 사랑하는지 혼란스러워하겠지. 나는 평범하고 못난, 매사에 불평불만이 많은 작은 존재일 뿐. 하지만 내가 있는 한 너는 있을 것이고, 네가 있는 한 나 또한 있을 것이라는 사실은 분명하지.

다시 너에게 묻기로 했어. 사랑이 무어냐고. 미움의 반대말이 아니냐고. 이 무슨 쓸데없는 주장이냐고 너는 어이없어하겠지만 결국 사랑은 애증의 교차점이라고 말하고 싶어. 결국 나는 고백할 수밖에 없어. 그러고 보니 어떤 날은 내가 너를 따라 도는 달이 되고, 어떤 날은 네가 나를 따라 도는 달이 되고, 결국 같은 궤도를 서로 바꾸어 돌고 있을 뿐이라는 것을. 그래서 들려줄게.

"다행이다, 내가 너를 더 사랑해서, 참 다행이다."

잊히지 않는 순간들

바람 부는 다리 위를 천천히

　신혼에 한복을 곱게 차려입은 이모의 손을 잡고 걸었다. 바람 불어올 때마다 어쩔 줄 몰라 하던 이모, 이모부가 암에 걸려 죽자 이모는 다른 나라로 떠났고, 나는 가끔 푸른 눈의 조카들과 이야기하는 꿈을 꾸었다. 아름다움에 대한 기억은 조각으로 머문다. 어떤 기억은 구부러지기도 하고 어떤 기억은 재편집되기도 한다. 사실과 상상이 섞인다. 열아홉에 윤동주 시집을 샀다. 내 돈을 주고 산, 최초의 시집이었다. '하늘과 바람과 별과 시'에는 이상한 슬픔이 있었다. 스물한 살, 프랑스를 좋아하던 친구를 만나러 가는 길, 장소는 대개 서점 앞이었다. 기다리는 동안 서점엘 들어가 발레리의 시를 읽었다.

　"바람이 분다…… 살아야겠다……"

실연당한 순간에도 속절없이 시를 읽고 있었다. 어쩌자고 이렇게 오래 붙들고 있었던 것일까? 시는 과장된 감정이다. 삶이라는 딱딱한 형식에 지친 내가 유일하게 즐길 수 있는 휴식이었다. 누구에겐가 막연히 날려 보내고픈 종이비행기 같은 것이었다. 시는 고립감이 들수록 절실해진다. 바이러스들이 창궐하는 나날, 장송곡도 없이 관에 실린 시체들이 묘지로 실려 간다. 병에 걸린 소 닭 오리 돼지들을 산 채로 생매장하는 장면이 텔레비전에 중계된다. 구덩이에 차곡차곡 쟁여지는 자루 같은 몸들, 포개진 땅에서 새어 나오는 붉은 핏물

인간이 누린 자유와 쾌락만큼 강력한 공포

학교가 좋았다. 운동장 옆 개울에서 물고기 잡고 학교 길에서 코스모스 꽃잎을 따서 바람에 날렸다. 학교 그늘에서 공부하고, 나무 위에서 자고, 잎사귀 찢어 밥을 짓고, 학교를 떠나면 안 될 것 같은 생각이 들었다. 그래서일까 교사로 또 30여 년간 열심히 드나들었다. 학교는 학습자가 습득한 것을 후손들에게 물려주는 곳이다. 그러므로 학교는 강압적인 곳이다. 꿈을 꾸기에는 적합하지 않다.

학교가 문을 닫았다. 국가가 문을 닫는 것과 같다. 나는 지금까지 두 번의 휴교령을 경험했다. 한 번은 열여덟 살 고등학교 2학년 때였고, 중간고사를 준비하고 있던 학교가 문을 닫았기 때문에 두려우면서도 즐거운 기억으로 남아 있다. 음습하면서도 자극적이었다. 그 거리에서 누군가, "총 받을래?" 물었다. 받고 싶었지만 무서웠다. 나는 받지 않았는데, 친구는 받아서 도청을 지키다가 군인들에게 잡혀갔다.

또 한 번은 바이러스의 침탈 때문에 휴교령이 내려졌다. 바이러스의 창궐로 '온라인'이라는 기묘한 형태의 공부가 시작되었다. 닿을 수도 만질 수도 없는 영역에서 만남이 이루어지고, 자아를 형성하며, 미래를 기약해야 한다. 보이지 않는 세계가 삶의 공간이 되었다.

오랫동안 강박관념에 시달렸다.

편히 쉴 수 없는 날, 하루하루 전쟁을 치르는 것 같아서 눈이 잘 감기지 않았다. 생활이 고통스러울수록 여기서 먼 다른 세계를 떠돌았다. 정신이 쇠잔할수록 생존의 욕구는 커져갔다. 경계밖엔 수많은 풍경이 존재하고 수많은 아름다움이 있을 것이므로 그것을 찾아 나서고 싶었다.

여인의 싸구려 향수 냄새가 난다. 어떤 날은 그 냄새가 역겨워 멀리하다가도 어떤 날은 허기처럼 그 냄새에 이끌리는 나를 발견한다. 나는 항상 질서 있는 상태를 원했지만 지극히 정상적인 것에는 숨이 막혔다. 남몰래 쾌락을 추구했고 아무도 몰래 비밀을 간직했다. 시는 내게 복수를 위한 비장의 무기였다. 언젠가 내 시에 올 봄을 기다리며, 온난화가 진행 중인 지구, 숨쉬기 어려운 나날을 견딘다. 약간 쌀쌀할 때 채소는 더 싱싱하듯이 데친 나물 같은 시는 더 이상 효용성이 없다. 중력의 작용을 받아 점점 쭈그러든다.

나도 잘 들어주지 않는 이야기를

돌아보면 인생은 연애편지 같은 것이었다. 어디엔가 '미지의 소녀'가 존재하는 것 같았고, 무슨 말인가 그 소녀에게 편지 쓰는 나를 발견한다. 오래된 빵집이 있는 네거리에 작은 방 하나 얻어 살림 차리고 싶다. 격포나 대천처럼 바다가 보이는 곳이었으면 좋겠다. 아니 뻐꾸기 소리 막막한 산골이어도 좋겠다. 남프랑스 허브 마을, 노란 우유 같은 어둠이 엎질러지는 스톡홀름의 변두리도 좋을 것 같다. 프랑스로 간 친구가 눈이 큰 남자와 결혼해서 자기 닮은 딸 낳았다고 소식을 전해오는 것처럼 나와 전혀 관계없는 장소에 이미 가 있는 느낌, 도피처일 수도 있고 유토피아일 수도 있는, 낯선 이름이 익숙해지는 기분!

　몇 년 전 섬진강 대홍수 때 구례의 축사로 밀려드는 물을 피해 지리산 산으로 피난 간 소들은 어떻게 됐을까 물론 인간의 손에 의해 본래 자리로 돌아가거나 또 다른 살육의 현장으로 끌려갔겠지만 나는 거기서 '탈출'을 보았다. 올해야말로 '미친 봄'이 필요하다. 봄에만 발작하는 사내가 있었다. 배배 틀린 사지에 입에 거품을 물었고 눈은 희번덕거렸다. 봄이 지나면 말짱해졌다. 그리스인 조르바는 불의 앞에서도 사랑 앞에서도 참지 못한다. 자신의 몸을 던진다. 정상적인 방법으로는 해결책을 찾기가 어렵다. 동학이 그랬고, 오월 광주가 그랬다.
　작은 통에 배고픈 돼지처럼 누워 나를 향해 내려오는 올가미를 피해 버둥거린다.

눅눅한 날들의 기억

장마 지면, 골목길 채송화는 고개를 꺾고, 접시꽃은 빗물에 젖어 흐느적거립니다. 혹시 접시꽃잎을 따서 이마에 붙여보신 적이 있는지요. 마루 밑에서는 쥐 썩는 냄새가 나고요. 우리 집 골방에선 습기가 들어 방충망도 없던 밤을 퀴퀴한 냄새로 채웠습니다.

비 오는 날의 양식은 어머님이 해주시던 팥죽 한 그릇, 어두운 기억의 시작이기도 합니다. 토란잎을 쓰고 학교에 간 적이 있었지요. 깍지 속의 콩처럼 많은 아이가 한 집에서 쏟아져 나오니 우산이 있을 턱이 없지요. 밖에도 습기 안에도 습기 미끈미끈 끈적거리는 것이 좋지 않습니다. 그러나 알고 있습니다. 장마가 우리에게 가져올 이로운 점을. 저수지는 젖 뗀 어미처럼 홀쭉 말라 있지요.

이제 막 심은 모들은 수유기의 아이처럼 지치지도 않고

물을 빨아들이지요.

　대략 6월 20일경부터 시작되어 7월 20일경에 끝나는 장마는 정화진 시인의 말처럼 "아이들을 눈뜨게" 합니다. 인내는 어떤 것인지 인내 후의 경이는 어떤 세계인지 불볕더위는 또 얼마나 힘든 것인지를 배우게 되지요. 어디 그뿐입니까. 장마에도 아랑곳없이 쏘다니던 산과 들, 자잘한 물고기 새끼들 오르던 개울. 뜨거운 햇볕 아래 익어가던 수박 참외. 마른장마는 사람을 더 괴롭게 합니다. 비는 내리지 않고 번제의 불 바퀴에 들어간 듯 뜨겁고 메마른 날들, 자식들은 가르쳐야 하는데, 먹을 것은 없고, 아버지 어머니는 더욱 모질게 싸우셨습니다. 누이들은 울고 파리 떼는 달라붙고, 빈센트 반 고흐가 생각납니다.

　〈감자 먹는 사람들〉〈해바라기〉〈별이 빛나는 밤〉〈까마귀가 나는 밀밭〉 내가 좋아하는 그림의 목록입니다. 그의 그림은 외로움의 산물입니다. 37년의 짧은 생애 동안 영혼의 동반자이자 후원자였던 동생 테오와 668통에 이르는 편지를 주고받았다고 합니다.

　내가 미치지 않았다면, 그림을 시작할 때부터 약속해 온 그림을 너에게 보낼 수 있는 날이 올 것이다. 나중에는 하나의 연작으로 보여야 할 그림이 여기저기 흩어지게 될지도 모른다. 그렇다 해도, 너 하나만이라도 내가 원하는 전체 그림을 보게 된다면……. 나를 먹여 살리느라 너는 늘 가난하게 지냈겠지. 돈은 꼭 갚겠다. 안 되면 내 영혼을 주겠다.

- 1889년 1월, 『반 고흐, 내 영혼의 편지』에서

수차례 정신병원 신세를 진 고흐, 타인에 대한 사랑 자신에 대한 사랑 때문에 아파했던 고흐, 그는 끝내 자기 귀를 자르고 권총으로 자살하게 되지요. 그에 비하면 나의 이 생활도 사치라는 생각이 듭니다만 괴로울 때 정말 미쳐버리고 싶습니다. 외롭고 힘이 들 때 그를 생각합니다.

악을 쓰다시피 해야 지나가는 하루, 되풀이되는 일상에 찌들 때, 날로 오르는 물가, 팍팍해지는 살림살이. 멀쩡한 농지 파헤쳐 공장 만들고 아름다운 하천 파헤쳐 콘크리트로 덮고 깎고 자르고 사방이 공사판, 더 이상 환경파괴를 용납할 수 없다는 듯이 세차게 쏟아지는 비. 예정된 시간에 찾아오는 장마야 어쩔 수 없다지만 요즘은 왜 시도 때도 없이 폭우가 내리는지 기후변화로 인한 환경문제인 듯한데 해결책이 없어서 앞으로가 더 걱정입니다.

'장마'라는 용어도 바뀔 시기가 된 것 같습니다. 그래서

최근에는 장마 대신 '집중호우'니 '게릴라성 폭우'니 '대기의 강'이니 하는 말들을 사용하고 심지어 '몬순'이라는 용어를 사용해야 한다는 주장도 있습니다. 장마는 본래 장시간 내리는 비, 긴 비를 뜻합니다. 그런데 지금은 장마 기간이 아닌 계절에도 몹시 심한 비를 퍼붓곤 합니다. 물난리로 인한 커다란 피해도 종종 발생하지요. 그 발생 정도가 상상을 초월해서 주택가나 도로의 맨홀 뚜껑이 치솟고, 그 속으로 사람이 빨려 들어가는 일, 차들이 배처럼 둥둥 떠다니는 일도 생깁니다. 폭우가 쏟아지는 지역과 반대로 가뭄이 극심한 것도 이상 기후의 대표적 현상입니다. 이제 기후변화에 따른 이상 현상은 일상이 되고야 말았습니다.

요 며칠 사이에도 비가 죽 이어지고 있습니다. 눅눅한 기분에 지친 나는 잠시 그친 비 사이를 뚫고 가까운 시외 혹은 거리에 산책을 나갑니다. 습기의 습격에 고립보다는 개방을 선택했다고나 할까요.

시외로 통하는 길목 어디 메타세쿼이아 가로수, 외래종 꽃인 루드베키아에도 뿌옇게 안개비가 적십니다. 이런 날엔 흐린 창문의 주점 혹은 커피 향 짙은 카페에서 좋은 사람을 만나십시오. 만약 헤어질 일이 있더라도, 비 오는 날은 절대 헤어지지 마세요. 우산을 빌려줄 수 없을 테니까 말입니다.

부드러운 것이 강하다

위로 네 분의 누님이 계셨다.

그중 한 분은 어릴 적에 잘못되어 먼저 하늘나라로 가셨다. 그러고도 위로 성순, 점녀, 성희 세 분의 누님이 계시고 아래로 성숙, 성원 두 누이가 있으니 우리는 딸 부잣집이었다.

끝없는 딸의 행렬 중 처음으로 나온 아들이 나였으니 무척 반가웠으리라는 것은 분명한 사실. 나 다음에 또 아이를 가졌는데 애석하게도 유산이 되어버렸고, 나중에 알고 보니 고추가 선명한 아들이었다고 한다. 그러니까 나로서는 남동생 될 아이를 잃어버리게 된 것인데, 이 순간부터 어머니의 젖이 말라 버렸다 한다.

이제 막 태어나 실컷 먹고 무럭무럭 자라야 할 아이가 제대로 먹지 못하는 것을 보고 '젖배가 곯았다.'라고 한다. 젖을 얻어먹기도 전에 생겼다 사라진 동생 때문에 젖배를 곯아야 했다는 비극은 내가 확인할 수는 없지만 어느 정도 사실이라는 추리가 가능하다.

그래서인지 나는, 대다수 남자가 그런다고 할지라도, 어릴 적부터 젖가슴 큰 여자가 좋았다. 좋은데 무슨 이유가 있으랴마는, 몸이 유난히 약한 나는 젖가슴 큰 여자의 품에 안겨 여자의 품에서 여자를 바라보며 여자와 함께 잠드는 꿈을 꾸곤 했다.

딸들 사이에 남자로 태어난 유일한 아이인 나는 어릴 적에 '누나'라는 단어를 모르고, '언니'라고 부르며 살았다. 누이들이 다들 언니라고 하니까 따라 한 것인데 압도적인 여성성에 지배당한 듯하다.

유약한 성격 때문에 거친 남자들의 세계에 적응이 매우 힘들었던 기억이 난다. 더 이상 나를 보호해 주지 않은 모성에 대한 그리움은 갈수록 강해져 여자의 젖가슴 찍힌 사진, 그림을 찾아 헤매었는데, 여자들에 대한 온갖 상상이 꼬리를 물었다.

결혼 후 아내에게 결정적인 말을 들었다. 여자들은 '젖가슴', '젖통'이라는 말을 극도로 싫어한다는 것이다. 사람을 동물로 취급한다는 느낌을 받는다고 한다. 이후로 나는 이 말을 아주 조심하게 되었고, 여자들 몸의 한 부분인 젖가슴에 대한 호기심도 훨씬 줄어들었다.

내가 여성성에 대해 신기함을 가지고 여성의 육체에 대해 궁금한 것의 역사도 사실 알고 보면 매우 오랜 전통을 기반으로 한 것이다. 여성 숭배 사상 이른바 '대지모사상大地母思想'과 유사하다. 대지모사상은 땅이 곧 어머니라는 생각으로, 과거 농경 사회에서 모든 생산물은 땅에서 얻을 수밖에 없었기 때문에 땅은 생활의 터전인 동시에 만물이 생성되는 근원이었다.

대지모사상은 농경의 뿌리이기도 하다. 땅은 생활의 터전인 동시에 만물이 생성되는 근원이었다. <빌렌도르프의 비너스 Venus von Willendorf>를 보면 잘 알 수 있다. 1908년 오스트리아 니더외스터라이히주 빌렌도르프 근교의 구석기 시대 지층에서 발견된 작은 조각상이다. 빌렌도르프의 비너스는 사실적이라기보다는 이상적으로 표현한 여성상이다. 커다란 유방을 늘어뜨리고, 허리는 매우 굵었으며, 배는 불룩 나와 있고, 지방이 풍부한 엉덩이는 매우 잘 발달해 있고 성기가 강조되어 있어서, '다산'을 상징하고, 인간들은 그것을 동경해 왔다. 그것은 '젖과 꿀이 흐르는 땅'을 향한 원초적 그리움이다.

나를 둘러싼 환경과 시대는 변했다.

하지만 나의 의식은 유아기에 머물러있는 듯하다. 소녀의 수줍음과 처녀의 풋풋함이 아름답고, 아주머니의 살가움, 중년 여인의 푸근함, 할머니의 따뜻함이 그립다. 상상은 아름다움을 부르고, 아름다움은 몽환적으로 피어오른다. 영원히 이 속에서 살았으면 좋겠다.

나이가 든 지금도 나는 그 아름다움을 떠나고 싶지 않고 오히려 아름다움에 배고프다. 이것이 나를 아직까지 문학에 붙들어 매어놓은 끈은 아니었을까?

세상의 절반인 여성들, 그야말로 세상의 주역이다. 여성이 없는 세상? 불가능하다! 아무리 성적인 경계가 모호한 시대에 산다 하더라도 여성성에 대한 갈망은 끝임없을 것이다. 그것은 곧 대지의 아름다움과도 통한다. 미에 대한 갈망과도 통한다.

눈을 보라!

흰 나비 떼처럼 날리지만, 솜이불처럼 덮이지만, 소나무 가지를 꺾고 공장 지붕을 주저앉힌다. 언제나 부드러운 것이 강한 것을 이기지 않던가.

여름밤엔 별이 많다

점성술이 있다. 별을 보고 운명을 점치는 기술인데, 중앙 아메리카의 마야 사회에는 공식적이고 의무적인 점성술이 있었다.

마야 사람들은 아이가 태어나면 생일에 따라서 장차 그 아이가 겪게 될 일들을 예측해서 적은 특별한 책력을 아이에게 주었다. 그 책력에는 아이의 미래가 다 나와 있어 누구나 갓난아기 때부터 어른들이 그것을 되풀이해서 읊어 주기 때문에 그 내용을 완전히 외우게 되고, 스스로 그것을 읊조림으로써 자기 자신의 삶이 어디까지 왔는지를 알게 된다.

과거에는 점성술을 토대로 중요한 정치 사안 등을 결정하는 일이 잦았기 때문에 정식 학문으로 인정되었던 때도 있었지만 현대에는 대부분 비과학적인 믿음으로 취급받는다. 연구 결과 점성술사가 운명이나 심리를 정확하게 맞힐 확률은 얼마 안 되었다. 별자리에 의해 운명을 보는 일은 그 사례가 많아서 일일이 셀 수는 없지만 대표적인 것이 영국의 스톤헨지, 우리나라의 고인돌 등이 있다.

하늘에 별이 있다면 땅에는 돌이 있다.

운주사에 가면 신비한 형상의 돌들이 놓여있다. 하늘의 별자리를 이처럼 거대한 북두칠성 원반석으로 구현하였다는 점에서 국내 유일의 별자리 거석문화라 평가되고, 각 칠성석의 크기와 배치가 실제 보이는 겉보기 등급과 거리에 비례하도록 의도하였다는 점에서 단순히 신앙 차원만이 아니라 관측천문학 관점이 반영된 우수한 유적이라고 한다.

"난 점성술은 믿지 않는다."

이렇게 말하지만, 어릴 때는 누구나 자연스럽게 점성술사가 된다. 사주처럼 별자리로 자신의 운명을 예측해 보는 일은 얼마든지 있을 수 있고, 상상력을 자극하는 흥미로운 일이다. 나 어렸을 때도 자연스럽게 별을 보며 운명을 예측해 보곤 했었다. 모깃불 피어오르는 매캐한 마당, 덕석에 앉아 저녁을 먹는다. 여름엔 하루가 참 길다. 아이는 둑길 따라 꼴을 베어오고, 누나는 분꽃 피는 시간에 맞춰

불려놓은 보리쌀 안쳐 밥을 짓고, 할머니는 고구마 대 끊어다가 껍질 벗기고, 아버지는 오후 내내 물꼬 싸움, 주막에 가서 멱살잡이 드잡이하고,

"메에에엠, 꼬꼬댁 꼬꼬, 깨갱깨갱"

놀이 고운 저녁 무렵 온갖 소리들이 울려 퍼진다. 어머니는 깨밭 고추밭 매면서 해가 뉘엿거리는 어스름에 마음만 바쁘고, 우리들은 소꼴 베어오자마자 고샅으로 몰려 나가 오징어살이 땡깡살이 간첩살이 하느라 정신이 없었다.

"군불 때라!"

"소재해라!"

"밥 먹어라!"

마당에 덕석을 펴고 상을 차린다. 불콰하게 술 한잔 걸친 아버지가 우리들을 부른다. 무언가 불길하다. 지난번 고무신 갖다 엿 바꿔 먹은 거, 농약 하는 날 먹 감으러 간 거, 찬장에서 십 원짜리 훔친 거, 달걀 감추어서 과자 사 먹은 거, 짧은 시간에 많은 생각들이 스쳐가는 데 웬걸, 담배 수매대금 나왔다고 덥석 쥐여주는 동전!

후후 하루살이 불어가면서 마시는 물그릇에 별이 뜬다. 별은 아랫정지 무쇠솥 가득 옥수수가 익어갈 때 더 많아진다. 그러면 나보다 아홉 살 많은 누이의 연애 이야기를 듣

거나 할머니가 들려주시는 옛날이야기에 귀를 기울인다.
자고로 이야기 좋아하는 아이들은 가난하게 산다는 말도
두렵지 않다. 귀신은 자꾸 커지고 사람은 죽는다. 동학 난
리 때 일제 강점기 때 육이오 때 죽은 사람들이 많아 공동
묘지가 만원이라고, 도깨비들이 몰려다녀 뒷산이 훤하다는
둥, 빨치산 대장이었다는 가겟집 아저씨가 오늘날 방안퉁
수가 된 사연 등등 옛날 사람들은 모두 죽어 별이 되었기
때문에 별자리는 찬란하게 빛난다.

안드로메다 카시오페이아 북두칠성 큰곰자리 작은곰자
리 직녀성 견우성…… 까마귀와 까치는 오작교 위에서 철
철 눈물을 흘리고 칠석날은 꼭 비가 온다. 모기에게 수없
이 피를 빨리면서도 이야기의 유혹은 끝이 없고, 아무리 참
으려 해도 감기는 눈, 평상에서 잠든 아이들을 안아서 안
방에 누인 누이들은 밤 냇물에 멱 감으러 가고, 살며시 눈
뜬 사내아이들은 제발 달이 뜨기를 고대하며 여자들을 구
경하러 숲으로 간다.

올여름엔 별이 빛나는 시골에 가보자.
낮에 갔다가 들렀다만 오는 것이 아니라, 하룻밤 묵으면
서 별을 찾아보자. 늙은 어머니 혹은 작은어머니, 큰누이
가 사는 집 혹은 바닷가 근처에 텐트를 치고 아이들에게

별자리를 가리키며 이야기를 들려주자. 가로등이 없는 깊은 골짜기 주먹만큼씩 쏟아지는 별을 찾아보자. 만약 그러한 여유가 없다면 잠시 짬을 내어 인근 들판이나 강변에 나가 별의 안부를 묻고, 각자의 소원을 빌어보면 어떨까.

별에서는 꽃향기가 난다

이맘때 별에서는 꽃향기가 난다. 코끝 스치는 알싸한 향기에 주변을 돌아본다.

"어디에 꽃이 피었나?"

아카시아다. 작년 그 꽃 또 피어 자욱 향기를 내뿜는다. 아카시아 위로 희미하게 별이 반짝인다. 별은 하나 둘 셋…….

문득 옛날 생각이 난다. 열일곱 살, 펜팔 편지 주고받던 친구가 있었다. 그녀는 중학교 마치고 수원의 공장에서 일을 하며 야간 고등학교에 다니고 있었다. 그녀를 만나러 무작정 기차를 탔다. 기차는 수원역에 나를 내려주었고 그녀가 근무하는 회사를 찾아갔다. 회사는 매우 컸다. 입구 양옆으로 꽃잔디가 환하게 심겨 있었다. 나는 그 꽃을 거기서 처음 보았다. 엷은 봄비 뿌리는 꽃잔디 동산 그사이에 면회실이 있었다. 면회실에서 기다리는 동안 가슴이 뛰었다.

"어떻게 왔어?"

그녀는 해쓱한 얼굴로 면회실에 나타났다. 반갑지도 않은 듯 가냘프게 물었다. 좀 쑥스러운 얼굴이었다. 자신의 나이 또래인 나는 버젓한 고등학교에 다니고 있는데 자신은 낮에 일을 해야 하는 처지, 휴일에 공장에 딸린 면회실에서 나를 만나야만 했으므로 얼마나 가슴이 아팠겠는가. 함께 돌아다녔는지 밥을 먹었는지 기억나지 않지만 헤어져 집으로 돌아오던 길, 진한 자주색 느낌만은 선명하게 남아 있다.

그 이후 그녀는 회사를 옮겨버렸다. 그리고 더 이상 소식을 들을 수가 없었다. 그녀가 그리울 때면 나는 자주 하늘을 올려다보았다.

한 발짝도 더 나아갈 수 없는 거리에서 별은 외등 하나 켜 놓은 채 뒤척뒤척 잠들지 못하는 나를 위해 빛나고 있다. 아카시아 지고 찔레가 피어난 그 자리에서 향기가 퍼지기 때문이다.

찔레가 피면 계용묵의 「백치 아다다」가 생각난다. 선천적으로 백치에 가까우며, 벙어리인 아다다는 집안의 천덕

꾸러기로 살다가 지참금을 가지고 겨우 시집을 가게 된다. 처음 오 년 동안은 시집갈 때 가지고 간 논이 시집 사람들의 생계를 유지 시켜준 덕에 대우받으며 행복하게 산다. 그러나 남편이 돈을 벌어 첩을 얻은 뒤부터는 학대가 시작된다. 아다다는 비극적으로 끝난다. 나는 사실 「백치 아다다」라는 소설의 주인공보다 문주란이 부른 가요 <백치 아다다>를 더 좋아했다. 문주란이 부른 '아다다'는 어딘가 비극적인 데가 있었다. 이 노래를 한참 데모하러 다닐 때 운동권 단체에서 배웠는데 우리의 비극적인 현대사와 맥이 닿아 있다. 외세에 의해 던져지고 처넣어진 신세. 내 나라도 내 청춘도 그러한 듯싶었다.

초여름 산들바람
고운 볼에 스칠 때
검은 머리 금비녀에
다홍치마 어여뻐라
꽃가마에 미소 짓는
말 못하는 아다다여
차라리 모를 것을
짧은 날의 그 행복
- 가요, <백치 아다다> 부분

성균관대 심산연구회를 하던 내 친구 종원이는 이 노래를 참 잘 불렀다. 남자인 그가 가슴에 손을 얹고 살짝 눈을 감은 채 노래를 끌고 올라가면 천상의 어느 곳에 이른 듯싶었다.

아아아아아아다다여!

찔레라는 이름을 들으면 민족의 수난이 떠오른다. 찔레가 피었다 질 무렵 밤꽃이 피어난다. 밤꽃은 매우 강한 향기를 동반한다. 강하다 못해 비릿한 그 꽃이 피면 비로소 봄은 절정을 넘어 여름으로 치달아간다. 밤꽃이 피었다 질 무렵 장마가 시작된다. 밤낮 퍼붓는 빗줄기 속에서 미끈미끈 만져지는 습기, 나는 여름을 앞두고 지친다. 일에도 신물이 나고 사는 것에도 싫증이 난다.

6월은 나에게 죽음의 다른 이름이다. 한숨을 쉰다. 무언가 놓아버리기에는 빠르고 무언가 기대하기에는 너무 이른, 끔찍한 달이다.

2부
눈이 내린 날의 안부

산중반점

　지금은 어디든지 도로가 잘 뚫려서 '오지'라고 부를 만한 곳이 별로 없다. 그래도 내가 살고 있는 곳에서 가장 가까운 오지를 꼽으라고 하면 전라북도 순창군 쌍치면이 있다.

　쌍치에 가서 보았다. 산들이 모여 하늘이 좁아져 버렸다는 것을. 산중이다. 산중이라는 말, 참 오랜만에 듣는다. 나 어릴 적 어른들이 우리 사는 곳을 일컬어 첩첩산중이라 했고, 산중이라는 말을 들으면 문명과 한참 동떨어진 외진 동네라는 느낌이 강했다.

　위아래 양쪽으로 고개를 두 개나 두고 있어 쌍치, 발음의 어감부터 토속적인 냄새가 물씬 풍긴다. 순창에서 쌍치까지 시외버스를 타고 가면 몇 개의 마을을 지난다. 그중 운북이라는 곳은 또 다른 오지의 이름이다. 버스가 저수지 옆으로 힘겹게 올라 몇 구비 더 넘으면 운북리 운항마을이라는 동네가 나온다. 이름 그대로 구름의 북쪽, 실제 가보면 산기슭 양지바른 터에 이십여 가호가 옹기종기 모여 참 따뜻해 보인다. 아득하지만 살기 좋은 마을이라고나 할까 그러나 6·25 무렵 쌍치에서 구림 사이에 전북도당 유격사령부가 있었다 하니 역사의 비극을 체험한 현장이라고 할 만하다.

버스는 힘겹게 올라왔는데 차를 기다리는 사람은 없다. 마을에 머물러있는 구름은 저 아래 마을보다 한결 깨끗하게 보인다. 바람은 싸늘하다. 벼 베기를 마친 수확기의 마무리 즈음. 길가에 흐드러진 코스모스 구절초의 빛깔이 맑다. 피부에 오소소 소름이 돋는다.

"적막하다!"

옷소매에 찬 기운 스며든다. 사는 것이 쓸쓸하고, 마음 한구석이 텅 빈다. 사계절 중 가장 아쉬운 절기이다. 이래 저래 시간은 가는데 해놓은 것은 없고, 이대로 가을이 가버리면 추운 계절, 겨울 오는 것이 두렵다. 본능적으로 월동 준비에 대한 걱정이 앞선다. 월동 준비라야 요즘처럼 따뜻한 기후에는 특별할 것이 없건만 나 혼자 종종걸음치다 아쉬운 마음에 막막한 거리로 나선다.

쌍치면 소재지에서부터 걷기 시작한다. 오늘 종일 찬 바람 불고 가까이 멀리 산골짜기 향하는 길, 기압골이 커튼처럼 풀려 내려온다. 자세히 들여다보면 꼼지락거리는 것처럼 사람들이 움직인다. 쌍치초등학교 옆 주민회관, 그 아래 천주교 쌍치공소, 개신교 쌍치교회가 자리 잡았다. 뒷길에 면한 모정과 느티나무 사이 차고 투명한 물이 흐른다. 개울가엔 공덕비도 몇 개 서 있고, 길 가 집들에는 낡은 문패가 걸려있다. 드문드문 인적이 있는 집에선 김장 뒤끝 갈무리가 한창이다. 면 소재지 가운뎃길에는 음식점이 몇 개, 작은 도서관 작은 목욕탕이 보인다. 마침 출출한 나는 점심을 해결하기 위해 식당으로 들어간다.

산중도 버거운데, 식당이라니, 이름도 '산중반점', 수호지의 양산박처럼 산중호걸이라 불리는 사내들의 회의라도 열리는 걸까. 사내들 서너 명 이미 자리를 잡고 있다. 인근 공사장에서 왔는지 공사 관계 화제가 요란하다. 돈을 떼먹고 도망간 사장 이야기, 한몫 잡기 위해 투자한 이야기, 끝에 야생 멧돼지 사냥 이야기를 한다. 귀가 쫑긋.

멧돼지는 도망치는 중이다. 몇몇은 사냥꾼과 함께 쫓는다. 탕, 탕, 탕, 총소리가 울린다. 컹, 컹, 컹, 개가 짖는다. 붉은 피가 솟는다. 살코기를 잘라 분류한다.

산중반점의 메뉴는 짜장면, 짬뽕, 삼선짜장, 삼선짬뽕, 볶음밥 등이다. 나는 짬뽕을 고른다. 잠시 끓어오르던 이야기가 밥이 나온 사이 수증기처럼 퍼진다.

지상과 삼사백 미터 차이가 나니 기온도 삼 사도는 더 내려갔을 것이다. 갑자기 비를 만난다. 싸락눈이라도 흩뿌릴 것처럼 잔뜩 내려앉은 하늘. 안 그래도 쓸쓸한데 더 스산하다. 낡은 집 천장에 매달린 메주들. 주민들은 따뜻한 이불 속에 발을 넣고 밖으로 나오지 않는다. 이 거리에선 뜨거운 사랑도, 치열한 다툼도, 아무런 일도 일어나지 않는다.

"나는 왜 이곳에 왔을까?"

쌍치는 우리 어머니의 고향이다. 아홉 살 무렵 외할머니 외삼촌들이 돌아가시고 외할아버지와 함께 떠날 때까지 사시던 곳이다. 그러니까 나는 나도 모르게 핏줄의 본향을 찾아온 것일까? 모천을 찾아 회귀하는 연어처럼 나의 근본이 시작된 곳으로 흘러든 것일까? 물론 본능에 의한 것일 수도 있다. 그러나 내가 이곳을 찾아온 가장 설득력 있는 근거는, 사라져 가는 것에 대한 아쉬움일 것이다. 만약 내가 세상을 등지고 숨어 산다면, 그곳이 어딘지 미리 살피고 정해놓고 싶었는지도 모른다. 비행기로도 기차로도 고속버스로도 갈 수 없는 곳, 오직 낡은 시외버스 '임순여객'에 의지하여 하루 네다섯 번 올 수 있는 곳.

터미널 나무 의자에 앉아 계신 주민을 만난다. 어쩌면 우리 외가 쪽 식구들과 아는 사이일 수도 있겠다 싶은, 검고 그은 피부, 일흔은 족히 넘어 보이는 아주머니. 오래전 우리 어머니가 떠난 후 이 산중으로 흘러들었는지도 모르는, 흐르다 멈춘 돌멩이처럼 떠돌다 머물고, 머물다가 떠나고, 붙박인 자리에는 집이 서고 우물이 파이고 아이들 울음소리 웃음소리가 자글거렸을 것이다. 이 여인에게서 돌아가신 어머니의 흔적을 찾는 것은 아주 어려운 일이 아니다.

"수확은 좀 어떠세요?"

"……"

"콩 농사가 벼농사보다 나으세요?"

아주머니는 나를 한 번 바라본 뒤 깊이 한숨을 쉬면서 중얼거린다.

"올 농사 베려 브렀소."

하기야 이렇게 극심한 기후변화에 농사라고 온전할 리가! 갈수록 불규칙한 날씨에 오죽하겠나 싶어 더 이상 묻지 않기로 한다. 버스는 지금 어디쯤 오고 있을까 회문 백암 지나 추월 강천 돌아 팔덕 구림 넘어 복흥 입암 건너 방금 이곳에 도착한 차는 산내와 산외 어느 쪽이 더 먼가 실험하듯 힘겹게 오르막을 치받고 신나게 내리막을 치달려 정읍에 닿는다. 그리고 보니 옛날 어머니께서 해주셨던 이야기가 다시 떠오른다. 달밤에 고개를 여러 개 넘어 정읍장에 다녔다는. 장에 가신 외할아버지를 기다리고 또 기다렸다는, 정읍사의 망부석 전설 같은 이야기. 생때같은 외삼촌들을 잃고 칠보 거쳐 산외 거쳐 부안까지 오게 되었다는 이야기 등등.

　산중에서는 현실보다 추억이 가깝다.

　시 외곽 천변을 걷다가 샘고을 시장통으로 들어와 어슬렁대다 보니 또 뱃속이 출출하다. 불빛 흥건한 길목에 접어들어 내장국밥 맛있게 말아 주는, 제법 요란한 장식의 식당으로 들어간다. 실내에는 이미 두어 무리 손님들이 앉아서 세상 돌아가는 소식을 전한다. 누구네 집 누구네 땅은 얼마인데, 얼마에 팔려고 내놓았다는 둥, 누구는 직장암에 걸렸는데, 대장암도 의심스럽다는 둥, 안부와 걱정으로 밥과 술을 나눈다.

　나는 혼자다. 오히려 넉넉하다. 막걸리를 시켜 천천히 마신다. 오늘 하루 보았던 풍경들이 스쳐 간다. 아직 내 발로 움직일 수 있다는 것이 다행스럽고, 날 데려다줄 수 있는 교통편이 있다는 것이 고맙고, 많지 않은 돈으로 주린 창자를 채울 수 있다는 것이 행복하다.

그 사이 사방에 어둠이 내렸다. 전보다 훨씬 짧아진 해를 원망스럽게 돌아보며 또다시 떠나야 할 시간이다. 차 시간을 확인한다.

부용산과 산동애가

학창 시절엔 민주화 투쟁에 앞장서지 못했다는 사실에 부채감을 가지고 살아왔다. 일남 오녀의 외아들로 부모님을 모셔야 했던 나는 대열의 앞에 서지 못하고 항상 망설이다 슬금슬금 뒤로 빠졌다.

소극적 성격도 한몫했고, 더구나 나는 달리기에는 젬병이어서 가투의 선두에 선다는 것은 언감생심, 자신의 모든 것을 바쳐 민주화 투쟁에 투신하는 친구들에게는 지금까지도 미안하다는 생각을 가지고 있다. 특히, 5·18 때 죽은 동창, 조선대학교 교지『민주조선』편집위원장을 하다가 경찰에게 쫓겨 변사한 이철규, 그 친구와 함께하다가 옥고를 치른 친구들에게 항상 미안한 마음이 있다.

시간이 흐르고 보니 새삼 우리의 민주화가 위대하다는 생각이 든다. 의식의 밑바탕에 흐르던 민주주의에 대한 열망이 사회의 흐름을 바꾸어 버린 것이다. 사실 우리나라는 '분단'이라는 굴레에 얽매어 균형 잡힌 사고가 불가능한 상황이었다. 좌우 이념 대립은 6·25 때만 문제였던 것이 아니라, 70~80년대까지도 지속인 갈등 요소로 작용했다. 빨갱이라는 혐의에 들씌워 자신과의 적대세력을 제거하는 것은 지난 80여 년간 우리의 정치 현실이었다. 붉은색을 입히면 재갈 묶인 짐승처럼 아무것도 할 수 없는 현실, 그러한 모순을 뚫고 이룩한 민주주의는 얼마나 위대한가.

민주주의의 힘은 곳곳에서 발휘되고 있다. 이른바 한류는 세계적 흐름이 되었으며, 가요 영화 드라마 음식 등등 'k-'가 붙은 문화 현상은 이미 유행이 되었다고 해도 과언이 아니다. 외국인들은 우리나라에 오는 순간 신세계를 체험하는 느낌이라고 한다. 편리한 인터넷 환경이 가져다준 수많은 문명의 이기들은 이미 선진국으로 인정받은 우리 생활을 고속으로 질주하게 만든다. 문명화된 국가의 최선두에 섰음을 여러 가지에서 느낀다. 이렇게 되기까지 우리 선조들이 흘린 눈물의 양은 얼마만큼 했을까.

그러나 민주주의만큼 취약한 것도 없다. 무지막지한 폭력성을 감추고 있어도 다수의 지지만 있으면 얼마든지 대중의 지도자로 군림할 수 있다. 이 단점을 극복하기 위해

서는 언제 어디서든 공동체의 생활에 관심을 기울여야 한
다는 사실을 여러 가지 경험으로 깨닫는다.

　나는 변산반도, 바다와 산이 접한 마을에서 태어나 초등
학교까지 다녔다. 나중에 알고 보니 6·25 전사에 기록된
대결의 장이었던 곳이었다. 전쟁이 끝났어도 끝나지 않은
전쟁이 계속된 곳, '변산반도의 빨치산'은 태백산맥과 단절
된 관계로 1953년까지 토벌군과 대치했다. 우리 아버지는
토벌군에 속한 기동타격대였다. 군 복무로 대신 징집되어
1주일 훈련 후 실전에 투입된 경우이다. 토벌 작전 중 내변
산으로 들어가는 외딴 마을에서 총상을 입고 '화호중앙병
원'이라는 야전병원에서 수술을 받아 뱃속에 박힌 총알을
가까스로 제거하여 목숨을 건질 수 있었다.

　나는 아버지의 상흔을 간직한 사람이다. 이후 더 알게 된
사실들이 있다. 상처는 '제주 4·3'이 있었고, '거창 양민 학
살'이 있었고, '영광 함평 양민 학살'이 있었고, 수없이 많은
곳에서 학살이 자행되었다. 그중에서도 '여순 10·19'는 가
장 최근에 알게 된 아픈 기억이다. 여수에서 봉기를 일으킨
후 지리산으로 이동한 빨치산들 사이에서 <부용산>과
<산동애가>가 불렸다는 사실도 알게 되었다.

부용산 산허리에 잔디만 푸르러 푸르러
솔밭 사이 사이로 회오리바람 타고
간다는 말 한마디 없이
너만 가고 말았구나
피어나지 못한 채 붉은 장미는 시들었구나
부용산 산허리에 하늘만 푸르러 푸르러
- 가요, 〈부용산〉 1절

'부용'은 연꽃이라는 뜻이고, 연꽃 같은 모양을 가진 산은 우리나라 여러 곳에 있다. 박기동 작사, 안성현 작곡의 노래 〈부용산〉은 전남 벌교에 있는 부용산이 배경이다. 국어 교사 박기동은 어려서 죽은 누이를 묻고 부용산에 묻고 그 심정을 가사에 담았다. 목포 항도여중 근무할 때 음악 교사 안성현을 만났는데, 제자의 죽음을 계기로 박기동의 글에 깊이 공감한 안성현이 '부용산'이라는 노래를 작곡하게 된다. 그 후 그는 월북하여 잊힌 사람이 되었고, 지리산을 중심으로 한 빨치산들, 장기수 노인들이 이 노래를 애창하여 구전된다.

구례에는 산동이라는 면이 있다. 그 마을을 배경으로 한 〈산동애가〉는 가슴 아픈 노래다. 여순 10·19 사건 이후 빨치산들에게 밥을 해줬다는 이유로, 같은 마을이라는 이유로, 알고 지낸다는 이유로 수많은 양민이 학살당했다. 여수 순천 광양 보성 장흥 곡성 등 전남 동부지역이 큰 피해를 보았는데, 구례는 지리산 가는 길목이라는 점에서 특히 심각한 피해를 입었고, 그중에서도 산동면은 가장 큰 피해를 보게 된 지역이다. '산동'은 산동네이다. 산수유가 환하고 지대가 높아서 그 자체로 아름다운 마을이고, 봄 여름 가을 겨울이 모두 좋아서 휴양지로 최고의 지역이다.

산동면에 백 씨 집안이 있었다. 그 집 안에 막내딸이 '대살' 당했다는 사연이 전해온다. 대살은 '대신 죽인다'는 뜻으로, 백 씨 집안에 들이닥친 불행을 상징한다. 남편을 일찍 여읜 어머니는 큰아들이 일제 징용으로 끌려가서 죽고, 둘째 아들을 여순사건으로 잃고, 셋째아들조차 부역 혐의로 죽을 위험에 처하자, 열아홉 살의 막내딸을 셋째아들 대신 처형장에 보냈다는 기가 막힌 이야기였다.

> 잘 있거라 산동아 너를 두고 나는 간다
> 열아홉 꽃봉오리 피워보지 못하고
> 까마귀 우는 곳을 병든 다리 절어 절어
> 달비 머리 들어오는 원한의 넋이 되어

노고단 골짝에서 이름 없이 스러졌네
- 가요, 〈산동애가〉 1절

당시 구례 지방에 예쁜 인형이라는 뜻으로 사용되던 단어, '부전'이라는 애칭으로 불리던 백순례라는 분이 있었다. 집안의 대를 이어야 할 아들이 끌려갈 처지에 이틀 사흘 밥도 못 먹고 고민하던 어머니의 모습을 보고 스스로 대살의 주인공이 되겠다고 자원했다는 막내딸, 딸을 사지로 보낸 후 남은 생을 눈물로 보내다가 앞을 보지 못하는 삶을 살았다는 어머니의 사연, 집안의 대를 이었지만 죄책감에 끝내 요절했다는 셋째 오빠의 이야기는 셋째 오빠의 큰아들, 며느리에 의해 증언된 것이다. 산동애가는 60년대에 그 사연을 접한 어떤 작곡가가 정식 음반으로 취입해 세상에 알려지게 되었다고 한다.

이 두 노래에는 공통점이 있다. 첫째, 불의의 죽음이 소재이다. 죽은 이의 목소리를 빌려 비극을 담고 있다. 둘째, 구전이다. 감옥에서 비전향 장기수들이 읊조리던 부용산을 불러 정식 음반으로 취입한 안치환이나, 원곡에 더 가깝다는 한영애의 노래를 들어보아도 약간 음울하면서도 휘어져 돌아가는 가락에 가슴이 미어지는 것 같다. 산동애가의 "잘 있거라 산동아" 첫 소절부터 듣는 이의 가슴을

쿵 내려놓게 만든다.

민족의 분단은, 분단되었다는 사실보다 그에 따른 갈등이 더 큰 고통으로 작용했고, 통일을 가로막는 가장 큰 계기로 작용하고 있다. 우리는 가까스로 악조건을 극복하고 현재의 발전을 이루었다. 그러나 여전히 아버지가 당한 총상의 고통은 우리에게 상흔을 남기고 있다. 우리 세대도 앞뒤 안 가리고 잘 살기 위해 노력했지만, 돌아온 것은 언제 우리가 거꾸러질지 모른다는 불안감, 절대적으로 숭배했던 민주주의의 이념이 흔들린다. 민주주의는 절대 선도, 절대 악도 아니다. 그 구성원들이 어떻게 지켜나가야 하는지가 관건이다.

또다시 수많은 문제가 야기되었다. 과도한 경쟁으로 인한 젊은이들의 좌절, 결혼도 하지 않고 아이도 낳지 않으려는 세대, 기후변화로 인한 고통, AI의 발달로 인한 세상의 변화, 그 속도를 따라가지 못해 전전긍긍하는 나.

좌우 이념 대립으로 인한 상처가 여전히 우리를 지배하고 있다. 다 잊힌 것 같지만, 치유 받지 못한 영혼들의 고통은 현재의 우리들로 하여금 자유롭지 못한 정신 상태를 불러온다. 이 두 노래를 흥얼거릴 때 지하에서나마 위로받는 영혼이 있어, 앞으로 무고한 생명이 다치는 일이 없도록, 마음속 의지를 다져본다.

육체는 여벌이 없는 옷

나는 알고 있다. 육체라는 옷은 다른 옷으로 갈아입을 수 없다는 것을. 낡은 옷 같은 육체를 벗어버리고 종내에는 정신만 남아 훨훨 어디론가 사라지리라는 것을.

그날이 오기까지 나는 땀방울 흘리며 기쁨에 찬 웃음을 날리기도 할 것이며, 차오르는 욕망에 자진하여 부르르 떨기도 할 것이고, 누더기처럼 헤어진 육체를 붙들고 제발 나를 버리지 말라고 애원하게도 될 것이다. 그러기 전엔 내 옷을 애지중지 닦을 필요가 있다.

　　그대의 한 그릇의 밥과 한 벌의 옷이 곧 농부
　의 피요, 직녀들의 땀이다. 도의 눈[道眼]이 밝
　지 못하고서야 어떻게 사용할 수 있겠는가
　　그러므로 말하기를

"털을 쓰고 뿔을 이고 있는 것이 무엇인 줄 아
는가? 그것은 오늘날 신도들이 주는 것을 공부
도 하지 않고 거저먹는 그런 무리들의 미래상이
다."라고 했다.

그런데 어떤 사람들은 배가 고프지 않아도 먹
고, 춥지 않아도 더 입으니 무슨 마음일까. 참으
로 안타까운 일이다.

눈앞의 쾌락이 훗날 괴로움이 됨을 모르기 때
문이다.

- 휴정, 『선가귀감禪家龜鑑』에서

서산대사 휴정이 1564년에 저술한 불교 교리서에서 '밥
과 옷'의 소중함을 밝히고 있다. 기본적인 생명 유지에 필
요한 만큼 이상을 추구하는 현대인에 대해 따끔한 충고를
하고 있다. 인간은 출생하면서 육체라는 옷을 입고 나온
다. 이 옷은 정신과 불가분의 관계이다. 벗어버릴 수 없으
므로 정신은 항상 육체에 깃들어 있다. 육체는 그만큼 중
요하다. 건강한 정신을 위하여 일정한 노동을 할 필요가
있다.

생전의 어머니께서는 농사에 지쳐 힘들어하실 때 옆에서

누군가 쉬기를 권하면 항상 중얼거리신 말이 있다.

"죽으면 썩어질 몸, 놔두면 뭣 헌다냐!"

그 말씀이 옳다고 여긴 나도, 하고많은 날 술로 소일하던 적이 있었다. 이삼십 대의 일이다. 하루라도 누군가를 만나 술을 마시지 않으면 온전하지 않던 나날, 적당한 운동으로 심신을 건강하게 만들려는 노력 자체를 하지 않았다. 그 결과 '몸짱'에 이른 적이 한 번도 없었다. 신체검사할 때 항상 다른 사람의 몸을 보며 주눅이 들었다. 남의 옷을 보며 부러워하면서도 자기 옷을 제대로 갖춰 입지 않는 사람과 비슷한 심리다.

나이를 먹으면서 병원에 가는 날이 많아졌다. 얼마 전에도 몸의 일부가 고장 나서 일주일 입원했었다. 각종 검사를 위해 개구리처럼 엎드려 링거 줄을 매달고 있을 때 오만 생각이 다 들었다. 등 뒤 척추에 주삿바늘 들어가는 순간 찡그리는 육체와 젊은 간호사들 앞에 주눅이 든 나의 표정이 스쳐 갔다. 수술을 집도할 의사에게 맡긴 내 운명, 평소에는 찾지 않던 신의 이름을 부르고 싶은 간절한 충동 앞에서 이런 날 없이 그저 편안하게 살다가 때가 되어 죽게 해달라고 빈다. 왜 사람은 질병에 시달려야 할까? 질병에 시달리는 순간만큼은 왜 자신에게 정직해지는 걸까 길지 않는 내 생애를 되돌아본다. 미안하고 잘못한 일이 참 많다! 의기양양 살아갈 때는 모르던 육체의 나약함을 깨달아간다.

건전한 육체를 위한 첫 번째 다짐은 운동이다. 차가 없는 나는 하루 육칠천 보 이상 걷고 있으니, 걷기보다는 다른 운동을 찾는 것이 좋을 것 같다는 판단이 들었다. 동네의 피트니스 센터에 등록했다. 근력운동이 필요하다는 아내의 충고를 따른 것이다. 반복되는 운동은 지루하기 짝이 없었다. 쳇바퀴 돌리는 다람쥐 같다고나 할까 일 년쯤 버티다가 그만두고 운동을 쉬었는데 두 번째로 선택한 운동이 요가였다. 요가학원에 처음 간 날이 잊히지 않는다. 엄마를 따라 여탕에 들어간 남자아이처럼 냉랭한 시선들. 대여섯 명의 여자들이 몸을 좌우로 흔들며 나를 보고 있었다. 상담을 통해 어찌어찌 자리를 잡고 운동을 하다 나중에 두어 명의 남자들이 더 있다는 것을 알게 되었다. 남자들은 자주 빠졌다. 그래서 어쩔 수 없이 또 혼자가 되어 섬처럼 고립되었다. 여자들은 수많은 화제로 이야기꽃을 피우는 일이 많았다. 남자인 나를 의식해서 비교적 순화된 어휘들을 사용했겠지만 그녀들의 분노 가정사 심지어 남편들 뒷담화까지 그녀들은 내가 모르는 세상을 속속들이 꿰뚫고 있었다. 삼 년여가 지난 어느 날 사정이 있어 요가를 그만두었는데, 내가 선택한 운동 중 가장 나으면서도 가장 힘들었다는 생각이 들었다.

또 몇 년이 또 흘러갔다. 이번에도 헬스와 요가를 반복하고 있다. 그동안 내 몸은 여러 군데 부실해져서 이곳이 아프면 저곳이 아프고 이제는 돌아가면서 아프다. 최근에는 목 주변 근육들이 아려왔다. 노동의 결과다. 필기 독서 등 몸의 오른쪽으로 비뚤어진 자세에서 생긴 병이다. 긴 시간 불면증으로 인한 신경통인 듯 뒷목이 뻑적지근 와이어로 조이는 듯 아픈 증상도 오래된 것이다. 무엇이 나를 이렇게 불편하게 만들었을까. 소위 '펜대 굴리'는 직업을 가졌으므로 훨씬 수월한 일을 했던 나는 갈퀴처럼 매듭진 부모님의 손마디와 비교할 수가 없다지만 나름대로 힘들었던 거다.

일에는 온갖 스트레스가 따른다. 현대인들의 이러한 일들을 감정노동이라 부른다. 생계유지에 바빴던 앞선 세대의 노고에 대해서는 쉽게 폄하하면서도 자기들만의 힘겨움에 대해서는 과장하기 마련이다. 왜 각자의 몫은 힘이 들까 거대하게 앞을 막는 현실 앞에서 서글프다는 생각이 든다.

노동에 대한 정의도 세상에 대한 관념도 시간의 흐름에 따라 변해간다. 육체에 대한 사고도 바뀌어 간다. 우리가 쉽게 생각하는 아주 간단한 일만 하려 해도 머리부터 손발 끝까지 모든 기능이 움직여야 한다. 막상 아파보면 그러한 평범함이 얼마나 위대한지 알게 된다. 이런 간단한 진리를 때로 잊고 살지만 많은 부분 감사할 줄 알고 돌아볼 줄 알아야 정신과 육체가 건강해진다.

　땀 흘리지 않고 남의 노고를 빼앗아서 쉽게 얻는 것은 쉽게 잃는다. 배출하지 못한 노폐물은 몸의 어딘가에 쌓인다. 쌓이고 또 쌓여 몸을 마비시킨다. 그런 시간이 오기 전 나는 각성해야 한다. 온갖 변명 그만두고 옴짝달싹 못 하는 순간이 오기 전 내 육체의 '숨구멍'을 마련해야 한다.

남자로 살아남기

어느새 맨 앞자리가 되어버렸다. 우리 부모님, 처부모님 다 돌아가시고, 아들 둘이 결혼해서 예쁜 며느리가 둘이나 오고, 첫 손주 '형주'가 태어났다. '손주 바보'라는 말처럼 어마어마하게 예쁘다. 이러한 현실을 만나다 보니 어느새 우리집에서 내가 가장 어른이 되어있었다.

"아, 이 무슨 '해괴한 사건'이란 말인가?"
"내가 이렇게 늙다니!"
앞으로 무슨 일 생기면 이제 누구에게 물어보아야 하나.
'묵언'
송광사 불일암 마루 끝에 세워져 있는 글자이다. 생전 법정 스님께서 강조하셨다는 말을 들었다. 팻말 앞에는 흰 고무신 한 켤레가 단정하게 놓여있다. 이 시대는 말을 하는 것보다 말을 참는 것이 필요하다. 젊은 세대가 요구하는 삶의 지혜는 나보다 '컴퓨터'에 물어보는 것이 더 빠르다. 그러므로 나는 말을 하는 것보다 지긋이 지켜보아 주는 것이 현명할 듯하다.

"무시당하는 것은 아닌지"

요즘 내가 가끔 되새기는 말이다. 잘할 수 있는 것도 없는 듯하고, 나와 함께 이야기할 상대도 마땅치 않고, 종일 전화 한 통 오지 않는 날도 있다. 집안의 대소사는 남자인 아빠 말고, 여자인 엄마와 상의해야 결정이 빠르다. 나이가 들어도 여자들은 요소요소 쓸모가 많은데 남자들은 점점 천덕꾸러기가 되어간다. 더구나 남자이면서 어른은 더 쓸모가 없다. 괜히 소외되지 않을까 불안해하면서 권위적이기 십상이므로 가만히 앉아서 바보가 된다. 그렇다. 나는 바보다. 자 이제 어떻게 살아갈까. 누군가에게 내 마음을 털어놓으며 펑펑 울고 싶다. 이렇게 거추장스러운 존재가 될 바에야 차라리 어디론가 훌훌 가버리는 것이 나을 것도 같다. 인적 없는 산골짜기? 날마다 낚시로 소일하는 섬? 어떻게든 이 땅에서 살아남기 위해 계획을 많이 세운다.

이미 문제는 시작되었는데, 먹고살기에 바쁘다는 핑계로, 아직은 심각하지 않아서 등등의 이유로 애써 외면한 것은 아니었을까. 걱정거리는 반드시 현실이 되어 나타난다. 설마 했던 일이 사실로 다가오면 그 해결책은 쉽게 마련되지 않는다. 나는 일찍부터 기후변화문제에 대해 심각성을 알고 지적해 왔는데, 사실 아직까지 실천하지 못하고 살아간다. 눈앞의 일에 급급했다. 자 이제, 이 중차대한 문제를 어떻게 해결할 것인가.

"방법이 없다!"

기후 문제에 관한 한 인류는 이미 건너지 말아야 할 강을 건너버렸다. 미안하다. 수많은 생명체에게 미안하고, 새로 태어난 후손에게 미안하고, 자연에게 미안하고, 지구에게 미안하고, 내 이기적 삶에 희생이 되었던 존재들에게 미안하다.

참 우울하다. 문명의 이기를 버리지 못해 우울하고, 파멸의 열차에 올라탄 현실이 우울하고, 이런 문제 때문에 스트레스를 받는 나 때문에 우울하고, 올해 보았던 꽃과 벌과 나비들을 내년에 온전하게 보지 못할지도 모른다는 점에서 우울하다. 그렇다. 내가 우울하지 않을 이유가 없다.

돌이켜보면, 우리 조상 중 누구도 지금보다 힘들지 않은 삶을 살았던 사람은 없다. 조선 시대 왕이나 양반들은 상위 1% 안이었다지만 실은 그들도 지켜야 할 법도가 있었다. 하층민들의 고통은 하물며 말할 필요도 없다. 우리 부모님이 살아온 세월을 나보고 살라고 한다면? 나는 그만 포기하고 말 것이다. 그렇다. 먹고살 만하니까 드는 생각들이다. 아직은 늦지 않았다! 여기 어디쯤에서 광란의 질주를 멈출 수가 있다면, 불행하게도 그럴 조짐은 보이지 않는다. 여름이 석 달에서 여섯 달로 늘어 벼농사 밭농사 과일 농사 등등 쉬운 것이 하나도 없다.

인류는 과거 수십수백만 년에 걸쳐 기후변화에 대응하며 진화를 거듭해 왔다. 지금은 그 변화가 단 몇십 년 만에 일어나는 데 심각성이 있다. 재앙이 발등에 떨어졌다. 애써 외면하려 했던 불편한 진실이 눈 앞에 펼쳐진다. 팔십여 년 전 이 땅에 전쟁이 났을 때도 그러했을 것이다. 남부여대 가재도구를 이고 지고 식솔들과 함께 피난처를 찾아 떠났을 것이다. 가다가 주저앉아 희생되었을 것이고, 전쟁으로 파괴된 나라를 되살리기에 진력했을 것이다.

'천사의 몫'

와이너리에서 위스키가 증류될 때 일 년씩 해를 더하면서 증발해 버리는 양을 가리키는 말이다. 천사들이 가져가는 몫만큼의 시간을 '천사의 시간'이라 부른다. 시간과 공간이 껴안고 뒹굴면서 한 몸이 되어간다는 말이다. 위스키의 양은 조금씩 줄어들지만 빛깔은 더욱더 황홀하다. 시간은 그 풍미로 다가온다.

　세상일이 모두 위스키와 같지는 않겠지만 어려울수록, 고통스러울수록, 해결책을 찾기 힘들수록, 지긋이 기다려야 한다. 그것이 바로 남자다운 남자, 어른다운 어른으로 살아남는 길, 아닐까.

결혼 축시

언젠가 제자가 결혼식 당시 주례를 부탁한 적 있었는데 주례사 말미에 시를 한 편 써서 읽었던 기억이 난다. 나 같은 사람에게 주례를 부탁한 것도 감사하지만 잘 쓰지도 못한 시 끝까지 들어준 결혼식장의 내외빈께 새삼 고맙다는 생각이 든다.

근래 결혼식에는 주례가 등장하는 경우가 거의 없다. 딱딱한 것을 싫어하는 젊은 세대의 특성이 반영된 결과이기도 하고, 부모님께 한 말씀 듣기 위한 것도 같다. 예전 부모와 달리 요즘 부모들 지식수준이 전반적으로 높아진 것도 원인인 것 같고, 주례에게 주는 사례도 절약할 수 있기 때문인 것도 같고, 자식 여의는 부모의 마음을 느껴보려는 의도도 있는 듯하다.

올해는 우리 부부 결혼 삼십 주년이다. 삼십 년 전 낳은 아들이 예쁜 며느리와 함께 결혼식 중 '덕담'을 부탁해 왔다. 며느리 될 아이가 참하고 마음에 들지만, 막상 식장의 한가운데 오르려니 사돈어른께 누가 될 수 있어 가볍게 거절하였으나, 사돈어른께서 '성혼선언문'을 낭송하신다고 허락하셔서 나는 덕담 대신 시를 써서 낭송해 준다고 약속하였다. 막상 허락해 놓고 보니 결혼 축시를 쓰는 일이 만만치 않았다. 딱딱해도 문제 가벼워도 문제 어려워도 문제 싱거워도 문제, 문제가 아닐 수 없었다.

과연 무엇을 담을 것인가 정신을 집중하고 써 내려가기 시작했다. 일 년 중 가장 좋은 계절이니만치 '가을'을 등장시키자. 가을이 가고 나면 추운 겨울이 오는 거야 당연한 사실을 열거하고 결혼식의 의미와 연결하자는 계획을 세웠다.

지금은 한창 가을이구나
시원한 바람 흔들리는 코스모스
꽃처럼 피어나는 단풍잎
텅 빈 들녘 홀로 선 허수아비
부지런한 농부는 벌써 내년 농사를 준비하겠지

가을이 아름다운 것은
그만큼 혹독한 계절이 다가오기 때문이다
너희들도 겨울에 대비하기 바란다

제법 폼이 난다. 여기까지 써놓고 또 중단되었다. 이 젊은 부부에게 무슨 말을 해줘야 할까 할 말은 마음속에 가득한데 '나 때는' 식의 교훈적인 내용만 떠오르고 신선하지가 않았다. 삼십 년 전 내 결혼식 때를 돌아보았다. 성당에서 올린 우리 결혼식에서는 신부님이 주례사를 하셨다. 아일랜드 신부님께서 몇 가지 부탁 말씀을 하셨던 듯한 데 주례사 내용이 전혀 기억에 남아 있지 않다. 긴장한 탓이었는지, 빨리 끝나기만 바랐기 때문이었던지.

성당을 가득 메운 하객들, 사십여 명의 학생들이 축가를 불렀다. 제자들의 화음이 성당 가득 울려 퍼졌던 기억이 나서 새삼 가슴이 뛴다. 아, 결혼이란 설렘과 기쁨이구나! 축가 중 하나는 김종환의 〈사랑을 위하여〉였던 것 같다. "이른 아침에 잠에서 깨어 너를 바라볼 수 있다면" 이 구절이 아직도 기억난다. 그 아이들도 지금은 쉰 살에 가까운 나이가 되었을 텐데 새삼 고맙다는 생각이 든다. 결혼 이듬해 큰아들을 얻게 되었고 그 아이가 결혼한다고 나에게 축시를 부탁한 것이다.

사랑스러운 우리 아이들에게 무슨 말을 할 수 있을까. 쓰긴 써야겠는데 떠오르지 않아 끙끙대다가 이미 돌아가신 조상들이라면, 내게 며느리를 보내주신 사돈댁이라면 어떤 마음이 들까 내가 좋아하는 장소가 떠올랐다. 기분이 울적하거나 뭔가가 그리울 때는 강변에 나가 물을 바라보았던 기억을 되살려 '강물에 띄운 편지'라는 제목을 정했다. '강'은 시간을 의미한다. 시간은 우리에게 많은 것을 가져다주고 많은 것을 데려간다. '편지'는 꼭 전하고 싶은 말을 의미한다. 이 둘을 결합시키니 꼭 하고 싶은 말은 강물에 띄우라는 의미가 완성되었다.

열심히 했는데 뭔가 부족하다고 느낄 때는
주위를 둘러보아라 세상이 한없이 야속할 때는
큰 나무에 등을 기대고 하늘을 올려다보아라
그래도 아쉬울 때는 숨 한번 쉬고 모두 잊어라
만약 모든 것이 잘 풀려 커다란 성공을 이룰
때에는
할아버지 할머니의 손자 손녀,
아버지 어머니의 아들 딸,
누구누구의 친구임을 잊지 마라

이 시는 내 시집을 장식하기 위한 것이 아니라, 결혼식 때 읊어야 하는 축하의 목적이 아닌가? 꼭 전하고 싶은 더 중요한 메시지가 필요했다. 함께 손잡고 함께 걸어가고 한 곳을 바라보는 사이, 그렇다. 부부는 일심동체가 아니라 이심이체이며, 시선일체인, 한 곳을 바라보는 사이다. 그럼에도 불구하고 때로 인생은 피할 수 없는 시련도 있다. 그때를 가정하여 '큰 나무'에 등을 기대고 "하늘을 올려다보아라"는 주문도 잊지 않았다. 얼추 서술이 되었는데 마무리가 또 문제였다.

제목을 강물에 띄운 시로 하였으니 제목이 내용과 호응을 이루려면 강물이 나와야 하고 강물이 뭔가 의미를 지니려면 구체적인 묘사가 필요한데 축시의 성격상 장식이 많아서 좋을 것이 없었다. 그렇다. 주례사도 덕담도 축시도 짧은 게 좋다. 일단 A4 1쪽 이내에 끝내기로 했다. 나머지 좀 허전한 부분은 여백으로 남기기로.

인생 살면서 시련을 만나 그것을 이기고 성공에 다다랐을 때도 강물에 나가 편지를 띄워라. 그러면 영원히 기억될 것이다. 성공은 성공 자체가 중요하지 성공 그 자체를 기뻐할 필요는 없다. 강물에 띄워 보낸 성공, 그야말로 기쁨의 다른 표현이라고 썼다. 훌륭한 작품으로 완성이 되었는지 안 되었는지는 중요하지 않다. 삼십 년 전 내 결혼을 돌아보며, 오늘 아들 부부의 결혼을 축하하는 의미가 들어 있으면 그것으로 족하지 않겠는가.

기쁨은 기쁨대로 놓아둔 채
함께 술잔을 기울여라
사랑이, 행복이, 인생이,
바로 이런 거 아니겠냐고 큰소리를 쳐라.
그 성공 영원하도록 편지를 써서
저 강물에 띄우거라

어머님 고향은 학선리

로미나라는 독일 출신 우리나라 트롯 가수가 있다. 그녀는 한국인 친구의 영향을 받아 교환학생으로 한국에 왔다가 트롯에 관심을 가지게 되었다고 한다. 친구의 아버지가 듣고 있던 이미자의 〈동백아가씨〉를 접하고 트롯의 매력에 빠지게 되었다는 것이다.

로미나라는 이름은 자신의 본명 '로미나 알렉산드라 폴리누스' 중 일부를 따서 지었는데, '로마에서 온 사람'이라는 뜻이라고 한다. 그녀는 독일 함부르크 출신으로 혈연으로는 우리나라와 아무 관계가 없다. 나는 그녀가 부른 노래 중에서 이미자의 〈아씨〉를 아주 좋아한다.

옛날의 이 길을 꽃가마 타고
말 탄 임 따라서 시집가던 길

여기든가 저기든가
복사꽃 곱게 피어있던 길

이 노래가 가지고 있는 애틋함 때문이기도 하거니와 물서로 말 설은 타국에 와서 로미나가 겪은 고통이 잘 녹아들어 갔기 때문인 듯도 하다. 옛날 우리나라 여성들이 으레 꿈꾸던, '꽃가마 타'고 '복사꽃 곱게 피어있'는 길로 맺어진 결혼. 내 어머님은 이런 결혼을 하지 못하셨다.

전라북도 순창에서 네 남매 중 막내로 태어난 어머님은 위로 세 분의 오빠가 계셨는데, 어머님 어릴 적에 모두 돌아가시는 바람에 넷째임에도 불구하고 외동딸이 되어버렸다. 외할머니께서는 금지옥엽 사랑하였는데, 어머님이 일고여덟 살 무렵 외할머니조차 돌아가시는 바람에 거의 고아가 되다시피 하였다. 외할아버지 혼자서 어머님을 돌보시게 되었는데, 외할아버지는 목수로서 타지 출입을 많이해야만 하는 처지였다. 일을 찾아 떠돌이 생활을 하다 보니 어린 딸 혼자 지키는 집이 불안하고 안쓰러웠던 모양이었다. 외할아버지는 어린 딸을 데리고 순창에서 부안으로 가게 되었다. 근방에 마음씨 좋은 과부와 결합하게 되었는데, 그 아주머니에게는 여러 명의 자식이 있었다. 거기다

새로 생긴 동생까지, 의붓남매들이 여럿 생긴 것은 좋았으나 먹고 살기가 여간 팍팍한 것이 아니어서 한 집 안에 거주하기 힘든 상황이 되었다는 것이 문제였다. 결국 끝순이와 종수, 두 명의 의붓동생을 데리고 분가한 어머님은 종일 동생을 돌보며 아버지를 기다리는 처지가 되었다. 그때 어머님 나이 열일곱쯤이었다.

6·25가 터져 의붓동생을 데리고 피난을 가게 된 어머님은 피난 도중 막냇동생 끝순이를 잃어버리게 된다. 하나 남은 동생 종수를 데리고 남의 집 곁방살이를 하시던 중 외할아버지의 죽음이라는 비극을 맞닥뜨리게 되었고, 그 와중에 재가한 어머니를 따라 개밥그릇에 밥을 먹으며 분가를 꿈꾸던 아버님을 만나 혼인을 하였다. '그분들은 그때 연애를 했을까?' 괜히 궁금해서 큰누이에게 혹시 아느냐고 물었더니, 아마도 중간에 누군가 아버님께 어머님을 소개했던 모양이었고, 어머님은 동생 종수를 데리고 사는 조건으로 아버님의 결혼 제안을 받아들였던 것 같다. 어머님은 부안군 변산면 운산리에서 아버님의 표현대로라면 '숟꾸락 몽댕이' 하나 없이 신혼살림을 시작하셨다. 귀한 신분의 외동딸로 자라 가난한 청년의 아내가 된 것이다.

갓 시집와서 등잔 아래 가물가물 바느질을 한다. 콕 쑤시는 바늘 끝 솟아나는 붉은 피, 질끈 동여맨 머릿수건을 풀어서 손가락을 감싼다. 아버님은 군 복무 대신 경찰기동대로 편성되어 일주일 훈련 후 빨치산 토벌을 나갔다. 6·25 때 내 고향 변산은 빨치산들이 가장 늦게 남아 있던 지역이었다. 신혼이었던 아버님은 좌우익 혼란 속에서 매우 힘든 나날을 보내야만 하였다. 어느 겨울 토벌대는 내 변산으로 출동하였다. 한겨울 눈 쌓인 계곡, 외부와 출입이 통제된 동네로 진입하다가 빨치산이 쏜 총에 맞고 말았다. 총알은 나무 사이를 스쳐 아버님의 복부 위쪽에 박혔는데 다행히 탄띠 두른 곳을 맞아 관통하지는 않고 몸에 박혀버리는 결과를 가져왔다.

그때 휴대했던 수첩이 지금 나에게 증거물처럼 남아 있다. 작은 노트처럼 만들어진 수첩에는 여러 많은 내용은 나와 있지 않다. 아버님의 이름, 수술을 받으셨던 병원 이름 등 희미하게 알아볼 정도이지만 총에 맞을 당시 모서리 부근이 떨어져 나간 것을 보면 사뭇 신기하기까지 하다.

전쟁 중 긴급 환자를 위해 지어진 '화호야전병원'에서 총알 제거 수술을 하는 동안 피가 부족해서 동네 사람들 여러 명을 군용 트럭에 태워 수술실로 데려가 수혈을 받았다.(나중에 그분들이 먼저 돌아가시고 우리 아버님은 82세까지 살게 된다.) 신혼의 어머님에게는 청천벽력이자 가슴 졸이는 나날이 아닐 수 없었다. 의지할 사람이라곤 아버님밖에 없는데 돌아가시면 어쩌나 하는 불안감에 떨던 어머님에게 돌아온 아버님은 천신만고 끝 건강을 회복하셨고 곧이어 첫 아이로 딸인 우리 큰누님을 얻게 되었다.

어머님께서 일흔 가까울 무렵 나에게 어머님 자신의 고향엘 가볼 수 없겠느냐고 조심스레 물으셨다. 그때는 내가 차를 장만한 지 얼마 안 되어 운전이 익숙하지 않았지만 고향에 가시고픈 어머님의 바람을 외면할 수가 없어 나와 어머님 큰누님 작은누님 이렇게 여럿이 길을 나서게 되었다. 어머님의 고향은 '전라북도 순창군 쌍치면 학선리'였다. 굽이굽이 고갯길 돌아 찾아간 쌍치는 그야말로 두 고개 사이 험한 지형이었다. 하늘과 맞닿아 있었다. 학선리는 이름 그대로 학과 신선이 산다는 곳이다.

어머님의 기억이 맞은 지 그 지방 사람들에게 물어물어 학선리를 찾아갔다. 어머님으로서는 무려 60여 년 만에 찾는 고향이었다. 바닥이 보일 정도 맑은 추령천의 지천을 끼고 찾아간 학선리는 심심산골 그 자체였다. 동구가 있었다는 곳에 풀이 무성하고, 고샅 위쪽 언덕바지에 지금은 흔적뿐, 사람이 사는 모습을 찾기 힘든 마을이었다. 어머님의 회상으로는 수십 가호가 있었다 하는데, 달밤에 정읍으로 장 보러 가던 이야기, 고개 넘어 학교에 다니던 외삼촌 이야기, 소꿉놀이하던 친구 이야기, 숯을 구워 팔던 오두막 이야기, 산토끼와 멧돼지 이야기 등등 어머님의 회상은 시냇물처럼 졸졸졸 흘러나오는데 함께 나눌 사람이 없었다. 이야기 끝에 어머님은 동구에 남은 느티나무를 붙들고 한참 우셨다. 나도 눈물이 나왔다. 나무야말로 마을 사람들이 언제 떠났는지 무슨 사연이 있었는지 예닐곱 적 어머님의 모습이 어떠했는지 기억하고 있을 것 아닌가.

어머님께서 돌아가신 후 나는 혼자 학선리에 간다. 그곳에 가면 어린 시절 어머님이 계실 것도 같아서, 어머님이 느티나무를 잡고 우실 것도 같아서, 나무 둥치에 기대어 흰 구름을 바라보며 바람의 숨결을 느낀다. 그러면 꼭 어머님을 다시 만나고 온 것처럼 마음이 흡족하다. 나는 가끔 로미나가 부르는 〈아씨〉를 흥얼거린다. 우리는 모두 고향을 잃어버린 자이며, 잃어버린 고향으로 인해 뿌리 뽑힌 존재들이며, 정착할 줄 모르는 정신으로 인하여 피폐한 자이다.

어머님은 지상의 어딘가 아니, 천상 세계 어딘가에 살아

계시는 듯하다. 나는 그 어머님을 찾아서 "어머님이 고향 찾아가실 때와 같은 나이가 되어보니, 어머님이 얼마나 힘든 삶을 사셨는지 짐작이 가요!"라고 말하며, 그리웠던 외할머니와 외삼촌, 어릴 적 친구들 다 만나셨는지 여쭈어보고 싶다.

나에겐 운전면허가 없다

운전은 나에게 처음부터 맞지 않는 옷과 같았다. 어릴 적 다른 아이들이 잘 타는 썰매도 잘 타지 못했고, 손수레, 자전거에도 서툴렀던 것을 보면 천성적으로 탈 것에 대한 두려움이 있는 듯하다.

나의 이런 성향은 아버지에게서 물려받은 것이다. 아버지는 평생 자동차 운전은커녕 오토바이, 자전거 어떤 것도 하지 않으셨다. 하기야 옛날에는 차가 많지 않은 때였으므로 충분히 수긍할 만하다.

그렇다고 나에게 처음부터 운전면허가 없었던 것은 아니다. 삼십여 년 전 직장 동료를 따라가서 운전면허 시험을 봤는데 한 방에 붙었으므로 나름 능력은 있었다. 면허를 따고 얼마 안 있어 큰아이가 태어났으므로 아이와 아내를 위해 차를 사야만 했다. 처음 산 차는 '아반떼'라는 소형차였는데 내겐 과분할 정도로 좋다는 생각이 들었다. 수동식 기어도 아니고 날렵하게 치솟은 헤드라이트며 번쩍거리는 차체가 저절로 자랑스러웠다. 문제는 그 사람 다음이었다. 평소 거리 감각이 부족한 내가 차를 몰고 시골에 간다고 나섰다가 사고가 났다. 앞차를 쉽게 앞지를 수 있을지 알았다. 왕복 이 차선 시골길은 굽어 있었고 시야 확보가 덜 된 상태에서 추월하려고 중앙선을 넘었는데 갑자기 나타난 반대편 차를 피하려고 급하게 앞지르려던 차를 들이받고 멈추게 되었다.

사고는 두어 번 몇 번 더 있었다. 모두 심각한 것은 아니었지만 점점 자동차가 무서워지기 시작했다. 약 십여 년 동안 두세 번 차를 바꾸고 그럭저럭 몰고 다녔는데 어느 순간 더 이상 운전을 하면 안 된다는 것을 깨달았다. 나에게 고백할 수 없는 고통이 있었다. 차와 차 사이의 좁은 공간, 터널같이 답답한 공간에 들어가면 "심장이 너덜거려!" "죽어버릴 것 같아!" 서서히 느껴지던 열이 급격히 오르면서 심장이 덜컹거리고, 하늘이 뿌예지는 '폐소공포증'이 발생하는 것을 느꼈고, 그 증세는 점점 심해져서 나중에는 아예 들어가는 것 자체가 끔찍했다. 머릿속이 흐려지면서 텅 빈 듯 어지러움, 손발이 마비되어 운전대를 잡은 손이 덜덜

떨리고 숨이 가빠졌다. 아이들이 어릴 때는 어떻게든 해나
갔는데 늦게 운전을 배운 아내가 나보다 잘한다는 사실을
깨달으면서 점점 더 자신감을 잃어갔다.

나는 걷는 것이 좋았다. 빨리 목적지에 도착하기보다는
쉬엄쉬엄 가는 것을 좋아했고, 사소한 것에서 다름을 느끼
는 나의 취향은 동네 이곳저곳 관찰하기를 좋아했다.

"해찰이냐?"
"해탈이냐?"

우스갯소리로 들릴지는 모르겠지만 나는 해찰로 해탈한
다. 해찰은 집중력이 산만할 정도로 여러 곳에 신경을 쓰
는 것이고, 해탈은 현실을 초월하는 것이다. 나는 여행 가
면 앞면을 보는 것이 아니라 뒷면을 본다. 남과 함께 어울
려 걷는 것이 아니라 혼자 산기슭 아래를 고독하게 걷는
다. 등산을 하는 것보다 유적지의 유래 산의 형태에 관한
담론을 더 좋아한다. 자동차는 목적 지향적 사고의 산물
이므로 나처럼 여유를 좋아하는 사람에게는 잘 맞지 않는
기계이다.

자동차가 진화하고 있다. 현대인에게 자동차는 '탈 것'일
뿐만 아니라, '휴식'도 되고, '과시'도 되고, 심지어 '숙박'까

지도 가능하다. 육중한 문만 닫으면 외부와 단절되어 차내에서 사랑을 속삭이기에도 유리하다. 요즘이면 나 같은 사람은 연애도 어려웠을 듯하다. 사실 나는 기계치이다. 새로운 물건을 사용하는데 둔하다. 원래 감각이 둔하고 노력도 하지 않는다. 그래서 요즘에 새로 등장한 기계들을 마주할 때마다 고통을 절감한다. 앞으로 우리는 AI와 함께 살고 AI와 함께 죽어가야 할 텐데 참으로 큰일이다.

나에게 운전이 필요하다는 사실을 알고 있다. 하지만 여전히 운전이 무섭다. '속도'에 대한 본능적인 저항! 이었던 것은 아닐까. 우리는 요즘 아주 빠른 속도로 변해가는 세상에 살고 있다. 단 며칠 사이, 몇 달, 몇 년 사이에 세상은 몰라보게 바뀐다. 거기에 맞지 않게 내 몸은 아직 진화되지 않거나, 진화 중일 것이다. 빠르게 변화하는 문명에 적응하기 힘든 현대인.

무정하게 저만치 혼자서 앞서가려는 세월이 서럽고 야속하다. 나는 이 자리에 더 오래 앉아서 이런저런 생각을 하고 싶은데, 내 마음 속속들이 변화를 맞아들인 후 새로운 물결 앞에 서고 싶은데, 마음과 몸이 적응하기 전에 벌써 과거의 것들은 사라져 버린다. 사라져 버린 것들은 잔영을 남긴다. 그 잔영이 슬프다. 언제까지 슬픔에 빠져있을 수만은 없지만, 지금 나에게 필요한 것은 연민이 아니고 내면의 사색이다.

　나는 염치없게도 남이 운전하는 차를 타기 좋아한다. 누군가 손님을 접대할 때나 여럿이 움직일 때 차도 운전도 제공하지 않는 내가 한없이 미안하기는 하지만 넘쳐나는 것이 차이므로, 나 아니라도 차는 많다는 핑계로 옆자리 또는 뒷자리에 앉아서 사방 구경을 즐긴다. 이런 생활이 언제까지 계속될지 나 자신 운전을 하지 않아서 결정적으로 불편할 시기는 없을지 막연한 걱정도 되지만 아직까지 나는 가까운 거리도 차를 타는 습관을 따라 하고 싶은 생각은 없다.

　두 발로 튼튼한 두 발로 제자리에 서고 한 발 한 발 앞을 내디며 내 앞을 휙휙 앞서가는 차에 일별도 하지 않고, 저벅저벅 내 길을 간다.

시내버스 여행

　할 일 없는 날은 시내버스를 탄다. 거의 종점에서 출발하여 종점까지 간다.

　최근에 탔던 버스는 변한 도시의 모습을 잘 보여주었다. 운암동 넘어 영산강을 지나는 순간 내 눈을 의심하게 만든 신시가지, 첨단 신가 신창 수완지구라 이름 붙여진 거리 새로 생긴 수많은 건물, 낯선 간판들은 가히 신도시라 불러야 할 정도였다.

　그곳들은 한결같이 비슷한 모습을 하고 있다. 조각조각 네모진 형태의 시가지에 반듯한 일정한 크기로 구획된 아파트들이 모여선 사거리에는 치과 내과 이비인후과 등 병원과 약국, 학생들을 상대하는 교육 기관들, 빵집과 우체국, 마트와 체인들, 그 뒤편으로 먹자골목, 음식점들도 다 다른듯하면서도 큰 기준에서 유사하다. 고기류를 파는 식당들, 해산물을 주재료로 하는 식당들 사이에 어쩌다 하나씩 숨어있는 채식 전문점. 간판들은 내재된 욕망을 숨김없이 발산한다. 각종 치장으로 유혹한다.

이른바 편의시설들이다. 사람 사는 데 있을수록 좋은 곳들. 습관적으로 드나든다. 예방주사 맞으러, 프로그램에 맞춰 다이어트하러, 피부 마사지를 받기 위해, 치아를 관리하고, 시력을 보호하기 위해, 정기검진을 받으러 병원을 방문 한다.

시내버스 종점은 도시의 또 다른 모습을 보여준다.

종점은 이렇게 새로 조성된 신시가지보다 옛날 모습을 많이 갖고 있다. 내가 학창 시절을 보냈던 월산동 백운동 주변 돌고개 까치고개. 어쩌다 들러본 그곳엔 옛날 내가 살던 집이 아직도 있었다. 자취생들이 쌀 씻고 얼굴 익히던 수돗가에는 풀이 무성하고, 자취방 뒤편 탱자나무는 여전히 꽃을 피우고 있었는데, 그때 그 방들은 왜 그렇게 작은지. 우리 큰누이와 매형이 처음 만났던 그 집은 빈집으로 여전히 자리하고 있었다. 주인집 아주머니 아저씨는 지금쯤 백 세쯤 되었으려나 대문은 열쇠로 굳게 잠겨 있었다.

"누나!"

함께 자취하던 방 앞에서 누이를 부르면 그 방 아니면

그 옆방에서 툭 튀어나올 것만 같고, 하나 있는 열쇠를 잃어버리고 방문 앞에 몇 시간째 앉아있었는데 연탄가스에 중독되어 픽 쓰러지던 소녀, 시내에서 몽둥이에 맞아 죽었다는 그 소녀의 오빠가 떠오른다. 그런 날은 대개 불길한 꿈을 꾼다.

종점에는 사연들이 있다. 고택, 손님 출입이 뜸한 가게들, 쇠락한 업소들. 그래도 연명하는 밥집 떡집들. 버려진 우물 같은 거리에는 몇 그루 나무가 심겨 있다. 향나무 목련 석류 이런 나무들이 심어진 단층 혹은 이층집들을 슬라브 주택이라고 불렀다. 삼각형 모양 지붕이 슬래브 지방 형태라서 붙은 이름인가보다. 그런 집엔 대개 마당 옆으로 상하방이 있었다. 내가 처음 내 방을 가진 것도 두 여동생과 함께 사글세 살던 슬라브 주택 일 층이었다. 친구들이 지나가면서 술 한잔하자고 불러대기도 했고, 대문 열쇠를 잃어버렸을 때는 짐받이가 있는 자전거를 세워놓고 담을 넘기도 했다.
"추억은 냄새로 남는다!"
늦가을의 향기 진하게 풍기던 모과나무는 한결 키가 낮아져 있고. 점점 뒤처지는 발걸음. 얼굴 알 것 같은 몇몇 내려놓은 버스가 텅텅 빈 채 다시 출발하는 버스정류장 부근에서 지루하게 늘어놓는 이야기를 듣는다. 종점은 점점 뒤로 밀리며 다양하게 변해왔지만 동네들은 아직까지 남아 있다.

여전히 비슷한 시설들. 우체국 주민 센터를 중심으로 대중목욕탕 식육점 불고깃집 횟집 미용실 이발소 초등학교 약간 외곽으로 텃밭 약수터 산책로 저수지 마을도서관도 하나. 사람들은 대개 자신의 동네가 가장 살기 좋다고 생각한다. 약간 불편해도 한 번 정붙인 동네를 떠나고 싶어 하지 않는다.

"동네 창피!"

동네에는 소문이라는 것이 있고, 평판이라는 것이 있다. 불륜 자살 강간 살인 등의 사건이 생기지 않기를 바라고, 최근에 불행해진 가족과 최근에 행운이 찾아와 준 가족에 대한 왕성한 호기심을 갖는다. 좋은 학교, 좋은 회사에 들어가 은근히 동네 평판이 좋아지기를 기대하는 심리도 공통으로 작용한다. 이러한 소문과 평판을 퍼 나르는 주인공들은 대단한 친화력으로 똘똘 뭉친 아줌마들이다. 가족이라는 구성원처럼 동네와 아줌마들의 관계는 떼려야 뗄 수 없이 맺어진 개체와 구성 요소의 관계이다.

광주 시내버스 종점 중에서 내가 제일 좋아하는 곳은 증심사와 원효사 종점이다. 무등산을 오르기 위해 떠나는 속세의 마지막 동네, 산을 내려오면 만나는 속세의 초입 동네, 산과 가깝기 때문에 특유의 고즈넉한 분위기, 1,187m 높이의 산을 시내버스 요금을 주고 시내버스 구간에 맞춰 바로 닿을 수 있다는 것이 얼마나 대단한 일인가.

나는 특별한 볼일 없이 증심사나 원효사에 들러 절 구석 의자에 몇 시간 앉아있다가 돌아온다. 버스 종점은 또 다른 장점이 있다. 세가 싸고, 상대적으로 저렴한 집값, 언제나 앉아서 출발할 수 있다는 편리함. 시내버스 요금으로 두어 시간을 공짜로 달린다는 것은 생각해 볼수록 매력 있다. 아무도 타지 않은 텅텅 빈 버스, 나 혼자 타고 출발하면 또 다른 종점까지 실어다 주는 것, 편리함만큼의 불편도 감수해야 하는 것이 인생이 아닐까.

산도 들도 아닌 삶을 살지만 인생은 고개를 넘고 다리를 건너는 일이어서 가늠할 수 없을 만큼 멀리 와 버린 것 같은 아득함으로 굽이도는 강물처럼 나는 언젠가 다시 쪼그라들 도시의 모습을 그리며 오늘도 시내버스를 타고 종점에서 종점으로 여행을 떠난다.

시외버스 여행

한 달에 한두 번 나는 시외버스를 탄다. 나 같은 반거충이 도시인은 어머니의 품과 같은 '소읍'을 그리워한다. 특별히 갈 일이 없는데도 시외버스를 탄다.

시외버스는 정겨운 이름을 달고 있다. 전북여객 대한여객 동방고속 지리산고속 경남고속 임순교통 무진장교통 남흥여객 영화여객 부산교통 태안여객 이름만 들어도 고향으로 데려다줄 것 같은 시외버스를 타면 좌석을 적당히 뒤로 젖힌 다음 커튼 치고 잠을 청한다.

"가시는 목적지까지 편안하고 안전하게 모시겠습니다."

안전띠 매라는 방송조차도 정겹다. 나는 천천히 옛날로 돌아간다.

초등학교 6학년 때 도시로 전학을 온 나는 일 년에 몇 번씩 시외버스를 타고 고향에 가곤 하였다. 한 번 갈 때 버스를 서너 번 갈아타야 하는 거리였지만 고향에 간다는 기쁨으로 모든 것이 설렘이었다. 행여 내가 좋아하는 소녀라도 타는가 싶어 출입문을 뚫어져라 지켜보았을 뿐만 아니라 차창 밖으로 스쳐 가는 것들을 카메라로 찍듯 담곤 하였다. 그러니까 시외버스는 고향으로 데려다주는 매개체였던 것, 반대로 고향에서 도시로 올 때는 약간의 두려움과 슬픔이 섞여 있었다. 가족과 함께 올 때도 있었지만 나 혼자 도시로 오는 경우도 많았다. 자취생에 걸맞게 보통 대여섯 개의 짐 보따리와 함께였으니 버스를 갈아타고 오는 과정이 고행의 연속이었다.

한 번은 추석 무렵이었는데 태풍이 올라온다는 속보와 함께 터미널 근처에서 오도 가도 못하고 짐 보따리 위에 주저앉은 적이 있었다. 낯선 거리 높은 건물 창밖에서 건물 안에서 흘러나오는 음악 들으며, 뱃속을 진동하는 음식 냄새 맡으며, 하염없이 내리는 비를 바라보았다.

도시에 살면서 평안하게 명절을 쇠는 사람들이 얼마나 부럽던지. 쌀자루 위에 주저앉아 빗방울을 세었다. 만약 쌀자루를 들고 가지 않으면 당장 굶어야하기 때문에 어떻게든 들고 가야 하는데 쏟아지는 비 때문에 움직일 수가 없었다. 택시도 실어다 주지 않는 그 수많은 짐 보따리, 근심덩어리들. 어느새 스미는 물기 엉덩이가 축축해질 때 파문 일으키는 동그라미들. 슬픔은 낙하 속도와 비례하는 걸까 들고 가지도 놓고 가지도 못하고 남의 집 처마 밑에서 하나, 둘, 셋…….

나는 가끔 시외버스를 타고 소읍에 간다.

해미 낙안 고창 무장 정읍 같은 읍성 있는 곳이 특히 좋다. 그곳엔 시골과 도시 두 가지 분위기가 함께 섞여 있다. 성을 한 바퀴 돌면서 성안과 성밖을 상상한다. 나그네가 밤늦게 성 밖 주막에 도착하여 하룻밤 묵어가기를 청한다. 주막에는 잔술을 파는 주모가 있고 주모는 빗방울 소리에 맞춰 육자배기를 뽑는다. 사내는 심각한 얼굴로 지나온 길과 가야 할 길을 뒤적거린다. 닭이 홰치는 소리에 벌써 감발을 치며 길을 재촉한다.

말은 힘들다고 울고 비는 잔가락처럼 내리고 한 번 떠나가면 다시 돌아오기 힘든 길을 간다.

소읍은 나의 처지와 비슷하다. 농경에서 태어나 자랐지만 도시에 편입되었고, 그러면서도 농경의 흔적을 잊지 못하는 반농반도의 경계인. 나는 도시에 살면서 농촌을 그리 위한다. 그래서 병이 도지듯 소읍에를 간다. 내가 살고 있는 광주에서 가까운 남원 순창 부안 고창 함평 나주 영광 등등 때로는 조금 멀리 진안 장수 무주 함양 화개 하동 산청에 간다.

"해미야!"

"낙안아!"

친구 이름 같은 읍성의 이름을 부른다. 모과 빛 등불이 켜진 고택 서너 채 있는 마을 어귀, 발 지문 닳도록 서성서성.

소읍에 가면 어릴 적 친구들이 생각난다. 대도시로 나온 나와 다르게 친구들은 대개 고향 근처의 읍으로 중학교 또는 고등학교에 진학하였고 사회로 진출하였는데 그들의 삶도 시골보다는 도시와 연관성이 높다. 그러므로 소읍은 천천히 멀어져간다. '모과 빛 등불'은 꺼져가고 해남 녹우당 같은 고택은 사라져간다. 고택 앞에는 대개 아름드리나무가 있다. 그 나무들은 삼사백여 년을 버텨왔고, 고택들도 삼사백 년을 버텨왔건만 개발에 밀려 잊힐 운명을 앞두고 있다. 그래서 나는 발 지문 닳도록 서성거리다 저녁 늦기 전에 돌아온다.

소읍에 가면 터미널이 있다. 차가 들어오고 나가고 언제나 분주한 곳. 익산 군산 전주 부천 서울 같은 낯선 지역의 향기가 담긴 행선지를 써 붙이고 수많은 사람의 도착과 출발을 알리던 그곳, 진학 취업 입원 방문을 위해 깨끗한 옷으로 차려입고 나서서 비슷한 처지의 사람들과 만나 서로의 안부를 확인하던 곳.

최근 들어 여러 군데 터미널이 문을 닫았다. 승용차를 이용하기 때문이기도 하고 탈 사람이 없기 때문이기도 하다. 결론은 소멸이다. 왠지 서글프다.

어떤 장소는 눈에 보이는 가치보다 더 많은 가치를 담고 있을 것인데, 우리는 이제 다시 돌아올 수 없는 날 속으로 달려간다.

농담

얼마 전 메이저리그에 도전하는 야구선수의 농담이 화제가 된 적이 있다. 야구 천재로 불리는 그 선수는 미국 구단의 색깔인 오렌지색 넥타이를 매고 재치 있는 영어로 자신을 소개한 다음 농담을 던졌다.

"핸섬?"

이 한 단어로 운집해 있는 기자들 사이에서 폭소를 터트리게 만들었고, 그가 왜 스타인지, 한국 야구를 평정하고 미국에 도전하기 위해 메이저리그에 왔는지를 잘 보여주는 장면이었다.

농담이 갖는 가장 큰 힘은 여유다. 농담은 일종의 자신감에서 나온다. 농담을 즐기는 사람은 매우 유들유들해서 사람들 사이의 관계가 좋다. 나는 그러한 낙천적 자세가 부럽다. 농담을 잘하지 못하기 때문이다. 내가 농담을 하면 대부분 사람은 진지하게 받아들인다. 평소 실없는 소리를 잘 하지 않는 나를 감안한 걸까 농담을 인지하지 못하고 어리둥절한 표정을 한다. 한 마디로 썰렁해진다.

농담은 장난으로 하는 말이자 해학적 표현이며, 우스갯소리라고도 한다. 어른들은 아이들을 놀리기 위해 농담을 한다. 실수로 그릇을 깨뜨렸는데

"아이쿠, 살림하네."

"시집 잘 가겠다."

아이들도 농담인지 진담인지 순간에 알아차리고 재치 있게 반응한다. 농담은 누구에게는 유머고 누구에게는 가혹한 채찍질이다.

농담의 문제점은 분위기와 어울리지 않을 때 발생한다. 발화의 의도와 다르게 많은 사람이 오해하게 만드는 그런 말, 대부분 진지한데 혼자 가벼운 척하다가는 심한 눈총을 받게 된다.

밀란 쿤데라의 소설,『농담』에는 이런 구절이 나온다.

낙관주의는 인류의 아편이다. 건전한 정신은 어리석음의 악취를 풍긴다. 트로츠키 만세!

주인공 루드비크는 농담을 한 것이다. 연인을 사회주의 행사에 빼앗긴 허탈감을 잠시 푸념으로 바꾼 이 한 줄이 그의 인생을 송두리째 바꾸어 버린다. 농담을 진담으로 받아들인 친구들에게서, 지인들에게서, 집단에게서, 연인에게서 배척받는 결과를 초래한다. 심지어 그 자신조차도 자신이 농담을 했는지 진담을 했는지 의심하게 만든다. 세상은 견고한 껍질로 싸여 그의 말랑한 마음을 받아들이지 못한 것이다. 이 이야기는 개인과 집단 간의 관계에서 개인의 중요성에 대한 질문을 던진다. 사회주의 건설이라는 지나치게 건조한 구호에 시달릴 때 개인의 자유는 어떻게 보장받아야 하며 개인의 행복은 어떻게 추구될 수 있는가? 자유로움을 보장하지 못하는 개인이 설 자리는 어디이고 그 사회에서 마모된 인간의 삶은 어떻게 설명될 수 있는가?

농담과 관련된 내 경험을 돌이켜본다. 감수성이 몹시 예민하여 상처받기 쉬운 청소년 시기, 나름 전전긍긍 하루를 지내고 있었는데 누군가 말을 걸면 두려움이 앞섰다.

"너 촌놈이구나."

"못생겨 가지고!"

말이 갖는 폭력성은 짐작보다 심각한 것이다. 나는 그 말을 곧이곧대로 해석해서 쥐구멍에라도 들어가고 싶어

했고, 나도 모르게 불끈 주먹이 쥐어지며 귓불이 뜨거워지는 것을 느꼈다. 위의 말이 농담처럼 가볍게 던진 말일 수도 있는데 마음의 여유가 없던 나는 무조건 진담으로 해석해 버린 것이다. 어른이 된다는 것은 이런 조급한 마음을 버리고 급할 때 쉬어갈 줄 아는 지혜를 알아가는 것이라는 생각이 든다. 돌아가신 장인어른께서는 심각한 말은 돌려서 표현하는 습관을 갖고 계셨다.

"누가 일 한다냐. 핑핑 놀지."

"놀아야 잘 되아야."

이 말은 일을 안 하는 것이 아니라 서두르지 않는다는 뜻이라는 것을 나중에야 깨달았다. 장인어른의 농사는 항상 잘 되었으니까.

농담은 농경 사회에 더 잘 어울리는 습성을 갖고 있다. 농경 사회는 자연과 인접하여 많은 동식물을 접하므로 그것을 소재로 촌철살인의 농담을 던지기 때문이다. 불행하게도 도시화가 진행된 이후부터 사람들은 더 조급해지고, 농담을 즐길 줄 모르게 되었다. 그 결과 날 선 말들이 서로에게 상처를 주게 되었다.

얼마 전에 낸 시집 『파씨 있어요?』는 이런 농담 같은 상황을 염두에 둔 것이다. 제목은 「씨앗 파는 남자」라는 시에서 뽑았는데 그 시는 다음과 같다.

　거의 매일 붉고 푸른 다라이 앞에 놓고 앉은
사내의 얼굴에 잠의 씨앗이 덕지덕지 합니다 아
주 오래 기다렸으므로 이미 성불을 하였거나 도
를 통하였을 법한데 소나기 내리는 것도 알지
못하고 가로등에 기댄 채 단잠 빠졌던 사내는
투덜투덜 비닐을 씌웁니다 비록 원산지는 분명
하지 않지만 콩과 식물은 넌출넌출 기어오르고
수수는 초록 줄기 밀어올리고 "파씨 있어요?"
납작 눌린 아랫도리 황급히 털고 일어서려는데
"없으면 관두세요" 그냥 가버리는 젊은 여자가
마냥 섭섭하여 파씨스트, 파씨스트, 중얼거려보
는 오후 브래지어 팬티 늘어놓은 김 씨와 소주
안주 내기 장기 한 판 그럭저럭 괜찮은 기분으
로 다시 잠에 빠져듭니다
　- 졸시, 「씨앗 파는 남자」 전문

젊은 여자가 씨앗 파는 남자에게 묻는다.
"파씨 있어요?" 여자는 조급한 표정이다.
"없으면 관두세요." 졸음에 빠진 남자가 우물쭈물하는

사이 여자는 자리를 떠난다. 남자는 그냥 가버리는 젊은 여자가 마냥 섭섭하여 "파씨스트, 파씨스트"하고 중얼거린다.

남자는 씨앗을 생산하는 사람을 상징하고 씨앗은 생명체를 의미한다. 남자가 여자에게 "파씨스트"라고 중얼거리는 것은 남녀 간의 경직된 관계를 상징한다. 장시간의 기다림으로 인한 노동의 결과 남자의 아랫도리는 '납작' 눌려 있고, 남자는 정자의 생산이 원활치 않을 것이 분명하기 때문에, 여자는 이미 기능 상실의 위기에 있는 남자의 곁을 신속히 떠난다. 그럼에도 남자는 무슨 미련이라도 남은 듯, "파씨스트"라 중얼거리며 옆에서 브래지어 팬티 등을 파는 김 씨 아주머니와 소주 안주 내기 장기를 한판 둔다.

씨앗은 미래를 위한 준비이다. 함부로 훼손되지 말아야 할 존재의 의미를 가지고 있다. 씨앗은 단단하다. 이 씨앗이 발아하기 위해서는 적당한 온도와 물이 필요하다. 적당한 때를 기다린 씨앗은 저절로 발아한다. 사람들도 마찬가지다. 서로의 관계를 지속하며 흥정하고 사귀고 발전한다. 그러한 여유를 상실한 사람들은 고립되어 간다. 고립은 분열을 낳고, 분열은 날카로운 공격본능을 유발한다. 그런 때 농담이 필요하다. 생명체가 필수적으로 요구하는 물처럼.

　나는 과실 향 같은 농담을 즐기고 싶다. 그러려면 내 정신이 무르익어야 할 것이다. 그러기 위해 마음의 나무를 풍성하게 가꿀 필요가 있다.

비가 눈으로 바뀌는 동안

간밤 비가 내리는 소리를 들으며 잠이 들었는데 아침에 눈을 떠보니 눈송이가 펄펄 날린다. 그렇게 바라던 눈이, 눈 내리는 풍경이 앞에 펼쳐질 때 세상은 다시 한번 황홀하게 변신한다.

슬픔이 기쁨으로 바뀌고 기대가 환희로 얼룩진다. 지금 지상의 온도는 영상이지만 대기 중 어딘가에서 0℃ 이하로 떨어졌던 게다. 비가 눈으로 바뀌어 내리는 곳에 다다랐다.

눈은 물기와 얼음의 결정체이다. 한 번 내리기 시작하면 그 모양이 점점 다양해지면서 독특한 모양을 가지는 눈송이가 된다. 이렇듯 세상 모든 일이 어떤 경계를 지나야 발달한다. 그곳을 한계선 또는 절정이라 부를 수 있다. 고통도 극에 달하면 편안해지는 단계에 이르고, 행복도 어느 선에선가 한계에 봉착하기 마련이다. '호사다마'라는 한자

성어가 있다. 좋은 일에는 방해되는 일이 많다. 다시 말하면 복에는 화가 뒤따른다는 뜻이다. 세상에 좋은 일만 계속될 수는 없다는 뜻인데, 어느 선에선 만족할 줄 알아야 행복을 누릴 자격이 생긴다는 말이다.

　　능선 위로는
　　아, 추워라
　　서리설설 펼쳐진 상고대
　　능선 아래로는 아스라이
　　느티나무 단풍
　　눈부신 지상의 아침이 열리고
　　식구들 숟가락 젓가락 딸그락거리는 소리
　　- 졸시, 「수목한계선」 부분

　무등산에 오를 때 수목한계선을 체험하게 된다. 한대와 아한대의 경계가 되는 수목한계선은 가장 따뜻한 기온이 10℃ 선과 일치한다. 이곳에서부터 키 큰 교목은 사라지고 키 작은 관목림을 볼 수 있다. 무등산 옛길을 걷다 보면, 숲속 어디쯤 갑자기 하늘이 열리면서 눈앞이 환해지는 곳에 다다른다. 공군 미사일 기지에 물자를 실어 나르는 임도를 만나는 구간이 있다.

이 일대부터 억새군락이 장관이다. 장불재의 높이가 바로 수목 생육이 불가능한 한계지점인 것 같다. 무등산은 1,187m이니 대략 900~1,000m 사이가 그 높이에 해당될 것 같다. 높이가 보고 싶어 올라갔지만, 그 지점에 이르면 뒤가 돌아보아지고 '식구들 숟가락 젓가락 딸그락거리는 소리'가 들리는 듯하다.

크리스마스트리처럼 우아한 초록색의 구상나무 숲이 발견되는 것도 그 높이이다. 구상나무는 우리나라 고유의 나무로 전 세계에 널리 알려진 환경지표종이기도 하다. 우리나라에서는 그 높이 이상을 가진 산이 한라산 무등산 덕유산 지리산 등이 있으니 그런 산에서 볼 수 있다. 이 나무는 그러니까 낮은 곳에서는 살 수 없는 고산족이다. 지구의 온도 상승에 가장 민감하게 영향을 받을 수밖에 없는 생육조건을 가지고 있다. 안타깝게도 나무는 식물이라 자기 스스로 움직일 수 없을 뿐 아니라, 더 이상 올라갈 곳도 없다.

길게 드리운 두레박으로
찰랑찰랑 길어 올린 호수에
매일 밤

별이 쏟아진다

- 졸시, 「수목한계선」 부분.

겨울이 왔나 안 왔나 하는 판단을 하는 방법이 있다. 무
등산을 보고 눈이 쌓여있으면 겨울이 온 것이다. 지상엔
아직 단풍이 한창인데 그곳엔 벌써 첫눈이 내린 것이다. 눈
이 내린 무등산엔 거친 바람을 맞아 상고대가 피어날 것이
다. 이런 날 일부러 무등산에 오르는 사람들이 있다. 설경
을 만끽하려는 것이다. 봄의 철쭉, 겨울의 상고대는 이루
말할 수 없이 아름다운 경치를 선물한다. 아슬아슬한 경
계, 그것은 때로 삶과 죽음의 경계이기도 하다. 그래서 많
은 예술가는 궁핍을 견디면서 결정체를 만들어 낸다. 갖
고 싶은 모든 것을 다 가지면서 이루어 낼 수 있는 일은 많
지 않다. 궁핍이 충족감을 불러, 뭔가가 부족할 때 그것을
채우려는 노력을 하게 된다. 영혼의 배고픔 혹은 굶주림이
창작의 원천이다.

아침 일찍 눈 내린 길을 나선다. 겨울이라야 맛볼 수 있
는 풍경들, 가겟집 창문에 서린 입김이 뽀얗다. 편의점 의
자에 앉아 컵라면을 먹는 사람이 있다. 그는 지금 일자리
에 갈 준비를 하는 중인 듯하다. 아침 일찍 노점을 차린 아

저씨도 있다. 큰길에서 좁은 길로 접어드는 귀퉁이 어물전
이다. 붉은 고무통에는 꼬막 낙지 등이 담겨 있고 아이스
박스에는 넓적한 갈치들이 한가득하다. 아저씨는 푸른색
트럭의 앞좌석에 반쯤 몸을 내밀고 추위를 피하고 있다.
재래시장이 아닌 길가라서 모닥불을 피울 수 없는 점이 가
장 고통스러울 것 같다. 아저씨의 어물전 위로 눈이 날린
다. 겨울은 추워야 제맛이라지만 아저씨의 아침은 고단하
기 짝이 없다.

　버스 여행을 간다. 승용차는 미끄러질 염려가 있는 데다
나는 차를 소유하지 못한 터라 시외버스 정류장에 가서 무
작정 서해안 방향으로 가는 차에 오른다. 우선 의자를 길
게 눕히고 잠을 청한다. 시내를 벗어나는 동안 쉰다. 시간
이 이른 관계로 직장인 학생 군인 등 먼 거리를 오가는 사
람들이 대부분, 승객들도 이른 시간이라 피곤한지 대부분
나처럼 눈을 감고 잠을 청한다. 한참 가다 말고 눈을 뜬
다. 창문에 어린 뽀얀 수증기를 여러 차례 걷어내면서 눈
내린 풍경을 감상한다. 점점 거세지는 눈발, 슬슬 걱정된
다. 이렇게 눈이 쌓이면 길이 막히게 되진 않을까 가다가
높은 언덕을 만나면 차는 제대로 갈까 그리 멀지 않은 소
읍에 내린다. 눈 오는 날은 소읍 안쪽 길 시장에 가서 국밥

에 막걸리 한 잔이 제격이다. 국밥을 말아주는 아주머니와 이런저런 이야기를 주고받기도 하고 눈이 내린 날의 안부를 확인 한다.

　앞으로도 과연 이런 날이 계속될까.

　겨울은 우리 곁에 머물러있으려나 복잡한 생각들이 꼬리를 문다. 일 년에 며칠씩 영하의 날씨가 찾아올 것이니 아무리 짧아도 겨울은 겨울일 것이다. 계절이 변해서 설사 눈 내리는 날이 며칠 되지 않을지라도, 아니 영영 볼 수 없게 되더라도, 그동안 많이 볼 수 있었던 행운에 감사하며 조금은 슬퍼하면서 새로운 계절을 맞이하는 자세를 갖추어 가야 할 것 같다.

저물어 가는 빛

하루 중 가장 신성성을 느끼게 하는 시간은 해거름이다. 이 시간부터는 서둘러 가버리는 해가 아깝고, 서둘러 사라져 버리는 햇살이 안타깝다. 이때가 되면 나는 괜히 걷고 싶어진다.

그래봤자 맨날 그 거리가 그 거리인 동네를 한 바퀴 돈다. 매일 보는 동네지만 약간씩 다르다. 어저께 있던 붕어빵 장사가 오늘은 없고, 아파트 지하실로 통하는 구멍 근처에 앉아있던 고양이가 오늘은 쓰레기 봉지 주변을 어슬렁거리다 급히 도망치는 시늉을 하고, 저 젊지 않은 놈이 어떻게 나오나 보자 분명히 나의 반응을 살피고 있으리라는 짐작에 슬쩍 기분이 나쁘고, 폐지 줍는 할머니의 리어카를 밀어줘야 하나 말아야 하나 잠깐 고민, 역시 무심한 듯 지나치고.

시장은 도깨비처럼 나타났다가 사라진다. 임대료가 무서운 서민들은 트럭에 손 보따리에 싣고 온 물건들을 내려놓고 좌판을 벌인다. 어느 사이 생선가게가 문을 열고 과일 탑이 생기고 나물 밭이 열리고 옥수수 삶는 압력솥까지 등장한 것을 보면 가히 거리의 예술이라 아니할 수 없다. 나는 좌판 앞을 서성인다. 대개 주름이 쭈글쭈글한 할머니들이기에 그들의 주머니에서 꼬깃꼬깃 들어갔다 나오는 잔돈푼을 눈여겨본다. 늘그막에 왜 이 고생을 하는 것일까? 저 돈을 벌어야만 살고 저 돈을 못 벌면 죽게 될까? 실제로 노후 자금이 부족한 것도 사실일 것이고, 일거리를 챙겨서 보람을 느끼고자 하는 경우도 있겠지만, 뭐라도 꼼지락거려야 한다는 신의 명령을 받은 것이 분명할 것이다. 기어이 어제 맡아둔 자리에 나와 존재를 증명한다. 여기 이렇게 살아있다는 사실을 확인하는 것처럼.

빛이 흩어진 자리 또 다른 빛이 살아나는 딱 그 지점 남서쪽 산꼭대기 송전탑 위로 개밥바라기별이 뜬다. 개밥바라기별은 유난히 밝아서 주변을 환하게 만드는 힘이 있다. 개밥바라기별 아래로 하늘과 산 사이, 낮과 밤, 삶과 죽음, 만남과 헤어짐, 좌절과 성공의 경계 그 지점으로부터 시냇물은 시작된다. 강물을 따라가다 보면 지류와 본류가 만나는 지점이 나오고, 본류로 모여드는 지류가 있고, 지류를 따라가다 보면 또 다른 지류와 합쳐지는 지점이 나온다.

강물은 실핏줄처럼 뻗었다. 실개천의 끝에는 시원이 있다. 모든 것은 이곳에서부터 출발한다. 시원에는 대개 저수지가 있어 물을 가둔 곳을 만난다. 농업용수를 공급하기 위한 것이지만 때로 이 저수지가 삶의 모습을 비추는 거울이 되기도 한다. 나는 저수지 주변을 좋아한다. 저수지 위쪽 배꽃이 눈처럼 뒤덮였다가 사라지고 그 옆 조립식 주택 마당에서는 어떤 사내가 차를 닦느라 분주하고 아낙은 빨래를 너느라 바쁜 모습이 저수지 속으로 풀려 들어가 알록달록한 색깔로 피어난다. 간혹 물고기가 수면 위로 뛰어올라 첨벙, 떨어지는 소리, 정적을 깨는 파문. 세상은 평화롭기 짝이 없다.

나는 언제부터 여기에 존재했을까. 지류를 따라 걷는다. 샛강 아래쪽엔 자연마을이 형성되어 있고 간혹 주유소 혹은 카페가 등장한다. 어느 해 여름 술집 사장인 남자가 저수지에 둥둥 뜬 상태로 발견되었다. 치정에 얽힌 살인이라는 말도 있고, 부채에 시달린 자살이라는 소문도 있었는데, 내가 확인할 수도 확인할 필요도 없는 사건이다. 다만 그 사내도 사랑과 이별, 성공과 좌절, 미움과 애정 사이에서 많은 갈등을 겪었을 거란 짐작, 사내의 몸은 이틀 사흘 지날 즈음 물고기들의 밥이 되기도 할 것이고 그 물고기들은 언젠가 낚시꾼의 포획 대상이 되기도 할 것이다. 나는 이러한 사슬 관계가 궁금하고, 은밀한, 과장이 더해진 일들에 대한 상상을 즐긴다.

나는 터덜터덜 집으로 돌아온다. 어떨 때는 돼지고기 몇 점, 두부 한 모를 사다가 찌개를 끓이기도 하고 겨울철에는 생굴을 사다 저녁 식사 겸 반주를 즐기기도 한다. 이러한 평화가, 나만의 행복이 과연 어떤 의미가 있을까 갈수록 다중이 모이는 자리보다 혼자 집에서 막걸리 한 잔 놓고 '멍때리'는 시간이 늘어나는 것은 삶에 대한 의욕을 잃어버렸기 때문 아닌가.

그새 해는 져버리고 햇살도 사라지지만, 형형색색 다시 피어나는 불빛들을 바라보며 고독의 향연을 즐긴다. 예수님과 함께하는 최후의 만찬처럼 오늘 저녁 나와의 대면을 결코 쉽게 포기하지 못할 것 같다.

극락강역에서 백양사역까지

언젠가 들렀던 것도 같은데, 노란 민들레가 핀 그 역을 찾을 수가 없었다. 감쪽같이 사라져 버렸다. 사방엔 아스팔트 길, 성벽처럼 둘러싼 아파트.

"이럴 땐 스마트폰이 있지."

길 찾기를 했더니 이십 분 안의 거리에 있었다. 강은 보이는데 역은 보이지 않았다. 한참을 갔다 되돌아와 다시 찾아보기를 반복하니 역이 나왔다. 커다란 건물들에 가려 보이지 않았던 것이다.

"이럴 수가!"

"이렇게 작은 역이 아직도 존재하다니."

아담한 역사, 따뜻한 대합실, 인자한 표정의 역무원에게 표를 끊고, 플랫폼으로 나가서 사진 몇 장 찍으니 무궁화호 열차가 들어왔다. 선로를 따라 강물이 흘러들어오는 것을 느꼈다. 기적소리와 함께 강물을 휘감아 열차가 들어왔고, 기차와 함께 버드나무가 늘어선 강변, 강변에는 집들이 세워졌다.

"극락으로 가는 강?"

영산강과 황룡강이 합쳐지는 이 부분을 지칭하는 이름이다. 강이 가진 여러 얼굴 중 하나이다. 옛날 누군가 조개도 많고, 재첩도 많고, 홍어와 젓갈 실은 배가 오르내리는 이 강을 극락강이라 불렀을 것이다. 강변에는 토끼풀 삐비꽃 자운영이 지천이었다. 극락강이라는 이름이 행정구역상 공식 명칭은 아니다. 강의 이름은 사라졌는데 역은 그자리에 남아 강을 증명하고 있다.

상행선 무궁화호 열차를 타고 한 이십 분쯤 달렸을까? 또 다른 간이역이 나타난다. 이번 간이역은 그냥 지나친다. 간이역 근방에는 지금은 사라져 가는, 아기자기한 이야기들이 펼쳐진다. 피라미 낚시 다슬기잡이를 하는 황룡강변, 기대승의 월봉서원 앞 너른 들, 들녘 끝 임곡 근방 작은 절. 몇백 년의 시간이 금방 흘러 천년 고찰 백양사가 지척인 백양사역에 도착한다. 이름도 순하게 '백양', 흰 양이 내려온다. 역두에 내려서자 단풍잎이 휘날렸다. 아기 손바닥 같은 애기단풍이다. 계절은 벌써 늦가을, 사각사각 잎

갈리는 소리가 들린다. 자그마한 역사 밖으로 나와 철로를 따라 걷는다.

나는 백양사를 희망도 절망도 아닌 어떤 기다림으로 정의하고 싶다. 호남선 상행선을 타면 알 수 없는 기대감으로 가슴이 두근거렸다. 서울에선 무슨 일이 일어날까 누굴 만날까 "꼭 성공해서 내려와야지."와 같은 다짐과 바람이 있었다. 결과는 늘 비슷했다. 낭패감이랄까 허탈감이랄까 호남선 하행선을 타면 백양사역쯤에서 명예와 이익과 희망을 내려놓게 된다.

목이 메인 이별가를 불러야 옳으냐
돌아서서 피눈물을 흘려야 옳으냐
사랑이란 이런 가요 비 내리는 호남선에
헤어지는 그 인사가 야속도 하더란다

〈비 내리는 호남선〉의 가사와 상관없이 누군가를 만나러 갈 때, 누군가와 헤어질 때도 지나간 역. 호남선엔 이 역 말고도 수많은 간이역이 있다. 어느 날 하나둘 사라졌다. 검색해 보니 노령역 초강역 황등역 채운역 개태사역 등엔 여객열차가 서지 않거나 폐쇄되었다. 희미한 가로등과 함께 자리를 지키던 간이역들. 그곳엔 채송화 꽃백일홍 목백일홍 국화 코스모스가 피었다 지곤 하였다. 많은 역이 사라졌는데 아직도 존재하는 역들이 있다. 남아 있는 역에게 감사해야 한다. 그러므로 나는 극락강역에서 백양사역까지를 세상에서 가장 아름다운 구간이라 명명한다.

어떤 것은 변화하고 어떤 것은 소멸해도 끝끝내 변하지 않고 지워지지 않는 것도 있다. 우리는 가까스로 그것을 희망이라 부른다. 때론 그리움이라 이름할 수 있을 것이다.

간이역 주변으로 고속열차가 지나간다. 기적도 없이 어디론가 향하여 쏜살같이 사라진다. 고속열차의 꽁무니를 쫓아 달리는 나의 눈을 드높은 고개가 가로막는다. 언제나 막막하던 길, 갈재이다. 갈재에는 벌써 겨울이 다가왔다. 저 늠름한 산맥에 서 있는 나무들의 간격이 성글다. 산과 하늘이 맞닿는 그 사이가 휑하다. 이제 곧 첫눈이 내릴 것 같다.

계절을 맞이하는 기분

아침에 일어나니 세상이 온통 붉게 물들었다. 내일부터는 가을이다.

스무 살 무렵 어떤 여자가 말했다. 가을 가는 것이 너무 슬프다고, 그래서 혼자 내장사에 다녀왔다고. 단풍잎이 너무 고왔다는 말을 들으면서 나도 혼자 내장사에 다녀오는 기분에 사로잡혔다. 따로 가면서도 같이 가는 듯, 같이 가면서도 따로 가는 듯, 따로지만 같이 있고 같이 있지만 따로 인 느낌. 바다에 대한 나의 관념이 그러하다.

바닷가에서 살 때는 바다에서 멀리 떨어진 세계를 동경했었다. 도회지의 불빛이 그리웠고 밤거리의 낭만이 그리웠고 함께 놀던 친구들이 그리웠다. 그래서 나는 고향 바닷가에 도착하자마자 도시를 앓았다. 채석강의 바람은 유배지의 그것과 다르지 않았고, 밤 파도 소리는 멀리 떨어져 있는 사람의 통곡이었다.

바다를 떠나온 지금, 바다가 그립다. 벤치에 쌓인 모래를 중심으로 펼쳐진 기나긴 해변, 푸른 물결 위 나뭇잎처럼 떠서 지나가는 여객선, 깎아지른 절벽에 아스라이 핀 구절초 아홉 마디, 다급히 몰아오는 폭풍우…….

아버지는 내게 바다와 가까이하지 말라 하였다. 바다는 위험하거니와 풍습이 별로 좋지 않아 아이들은 학교도 마치기 전에 연애하여 아이를 낳고, 어른들은 어장이 형성될 때 펑펑 쓰고 다른 때 쫄쫄 굶고, 뱃길 따라 뜨내기들이 드나든다는 말씀, 자식을 둔 어른들의 걱정일 거라 여겼지만 나에게는 기우라는 생각이 더 들었다. 나이가 들어갈수록 바다로 가는 길목이 사무쳐 밤 내내 서성거린다.

억새 흔들리더니
흰 눈발 날리는 벌판
잿빛 옷의 스님이 가로질러오면
인사드려라
곳간으로 들어가시는 어머니

나는 일망무제의 바다를 그려보았다

검푸르게 깊어가는 물결 위
흘러가듯 떠 있는 섬
멀지 않은 골짜기 범종 소리에
고물고물 춤추는 물고기 고동 갈매기들

드넓은 밤하늘에 올라가서
별자리가 되는 꿈
- 졸시, 「환절기」 부분

추수가 끝난 들판으로 사람이 가로질러 왔다. 스님이었다. 김제 만경, 부안 동진 평야는 넓다. 지평선이 보인다. 그 끝에 절이 있고, 절 너머에 바다가 있다. 새만금이 들어서면서 '망한 절' 망해사이다. 바다가 육지가 되어버렸다.

'망해사 낙서전'은 유서 깊은 장소이다. 오백 년 동안 바다로 지는 해를 바라보았으나, 마음에 담은 말들, 오고 가는 세월, 깊은 잠, 안도감, 안타까움, 정과 한, 이 모두를 태우는 낙조는 더 이상 펼쳐지지 않는다. 붉은 화염으로 첨벙 안아주던 바다는 이제 단단한 땅으로 바뀌었다.
망해사에서 아래로 내려오면 김제 광활이다. 일망무제, 정말 드넓은 땅이다. 탁발하러 오는 스님을 보면서, 인연

이란 참으로 드넓다는 생각을 했다. 인연을 다스리는 것은
종이다. 종소리는 바람이다. 사람들은 무언가 담아 종을
울린다.

갖다 드려라
어머니께서 맡기신 낟알을
스님이 내민 자루에 부을 때
악아 고맙구나 반짝,
물기 스쳐간 눈매를 보고 깨달았다

전생에 오누이 혹은
가시버시였던 인연
아니었을까
만나고 헤어지는 일이
곡식 베어낸 들에
푸르게 돋아나는 싹 같으리라는 것
— 졸시, 「환절기」 부분

옛날 이 땅은 싸움터였다. 6·25가 그랬고 동학농민혁명
이 그랬고 수많은 전쟁이 그랬다. 우리는 과거 언젠가 오누
이 혹은 사랑하는 사이였다. 난리 통에 헤어져 다시 만날

수 없지만 어느 거리에선가 물기처럼 '반짝' 빛난다. 만남인 줄도 모르고 헤어짐인 줄도 모르는 그 감정을 나는 '어머니'와 '스님'으로 치환하였다. 설명할 길 없는 상실감은 '어머니'이고, 몸서리치는 외로움은 '스님'이다. 전생에 수만 번 옷깃 스쳐야 후생에 한 번 만난다지 않는가

달력 한 장 뜯어내니, 온통 잿빛이다.
십일월이다. 귀신이 지배하는 시간이다.
들녘에서는 마른 잎사귀 서걱대는 소리, 노동에 지친 관절 삐걱대는 소리, 들린다. 햅쌀 여러 포대 들여놓은 다음 청국장 끓여 진한 국물로 쓰린 속을 다스린다. 이쯤에서 돌아본다. 해놓은 일도 없으면서 시간만 보낸 것 같아 아쉽다.

계절을 보낼 때마다 심한 몸살감기를 앓는다.

부끄러움과 여러움

부끄러움은 도덕적인 문제를 포함한다. 도덕적 윤리 규범에 맞지 않는 일을 할 때 부끄러움을 느낀다. 나도 나 자신의 심리를 완벽히 이해하고 있진 않지만, 부끄러움은 대개 타인의 시선을 의식하는 데에서 온다.

나 혼자 할 때는 아무렇지도 않다가도 남이 보고 있으면 부끄러운 마음이 든다. 예를 들어, 노상 방뇨 침 뱉기 욕설 등인데 이런 것들을 '남부끄럽게'라는 관용어로 통칭할 수 있다. '남에게 부끄러운 짓을 하지 마라'는 게 행동의 기준인 셈이다. 대낮에 대로에서 뻔뻔하게 키스를 하거나 포옹을 하는 등 애정 행각을 벌이는 사람들에게 손가락질하는 것도 이런 이유이다.

내성적인 성격 탓에 학창 시절에 나는 부끄러움을 많이 탔다. 공부를 못한다는 말을 들으면 부끄러웠고, 가난해 보이는 것도 부끄러웠다. 그래서 어떨 때는 등수를 부풀렸고, 있어 보이려고 노력했다. 혼자서 감당하기 힘들어 주변 사람을 돌아보며 누군가가 나를 감싸주기 바랐다. 자존감이 매우 약한 탓이다. 어른이 되어서도 부끄러웠다. 부끄러움은 시간과 장소를 가리지 않았다. 어른이 되어서는 얼굴이 잘 붉어지지 않아서 다행이라고 생각했다.

그런데 자신이 뱉었던 말과 저질렀던 행동을 손바닥 뒤집듯 부정하는 인사들이 있다. 몰염치한 행동을 하고도 부끄러운 줄을 모르는 정치인 기업가들의 이기적 행위를 볼 때 부끄러움을 모르는 자들은 조상 적부터 내려온 특징이라는 생각이 든다.

담양 면앙정에 간다. 정계에서 물러난 송순이 77세 때 면앙정을 지어 90세까지 유유자적하며 여생을 보낸 곳이다. 송순의 호가 '면앙俛仰'이고, 면앙은 정자 이름이다. '면앙'은 '하늘을 우러러 부끄러움이 없고 굽어보아 남에게 부끄러움이 없는 경지'를 뜻한다. 사람들도 때로는 면앙정에 와서 자신을 돌아보았으면 좋겠다. 면앙정 현판 앞에 커다란 상수리나무가 있다. 정말 의젓하다. 저렇게 의연해야만 수백 년 세월을 버틸 자격이 있다. 면앙정 뒤편으로는 봉산들이 펼쳐져 있다. 끝없는 들녘 비닐하우스의 행렬, 비닐하우스에서는 겨울철 딸기, 봄철 풋고추가 자라서 겨울임에도 겨울을 부끄럽게 만든다.

부끄러움이라는 감정과 비슷하면서 여러모로 다른 '여러움'이라는 감정이 있다. 열일곱 무렵 거뭇거뭇 거웃이 돋을 때 등교 버스를 타러 가는 길에 자주색 캡을 쓴 여학생들이 줄지어 학교 버스를 기다리는 행렬 앞을 지나가야만 하는 순간이 가장 곤혹스러웠다. 여학생들은 나를 쳐다보지도 않는데 나 혼자 부끄러운 것이다. 그 무렵부터 대중탕에 들어가는 것이 '여럽기' 시작했다. 갑자기 중심이 솟아올라 탕 밖으로 나가는 것이 두려웠다. 초봄 갓 피어난 풀싹처럼 한 올 한 올 가닥이 쥐어지는 햇살이 여럽다. 매화 봉오리 틔우려고 봉긋 도드라지는 붉은 꽃눈이 여럽다. 오줌 누려 앞섶 여는데 길섶에서 초롱초롱 바라보는 봄까치꽃의 시선이 여럽다.

전라도 사투리로 '여럽다'는 말은 부끄럽다는 말과 쑥스럽다는 말을 섞인 것 같다. 부끄럽다는 말이 후회를 담고 있다면 여럽다는 말은 '멋쩍다'는 의미를 담고 있다. 부끄럽다와 멋쩍다가 비슷한 말이 아니듯이 여럽다도 부끄럽다와 다른 말이다. 말의 뜻도 다르지만 어감도 다르다. 부끄럽다보다 여럽다는 말이 더 친근하며 부드럽고 거부감을 주지 않는다.

소년의 손에서 바동바동 솟아올라 저 멀리 들판으로 날아가는 연처럼 시골에서 도시로 떨어져 나와 아등바등 살아온 내가 어른이 되고 많은 경우 뻔뻔스러워진 것은 살기 위한 본능에 가까운 것이었지만 잃어버리면 안 되는 감정이 있다. 곰곰이 생각해 보니 그것이 바로 여럽다는 감정이었다.

여럽다는 감정은 다양한 경우에 갖게 된다. 소개팅을 시켜줬는데 나갈 때 입을 옷이 없다든가 먹고 싶은 음식이 있는데 돈이 없다든가 상대방에게 좀 미안한 일이 있다든가 이성과의 사이에서도 동성 간의 사이에서도 처음이라 낯설다는 뜻으로 사용되고, 뭔가 해주어야 하는데 해줄 수 없다는 뜻으로도 사용되는, 부끄러움보다 더 원초적인 감정을 함축하고 있다.

사회의 다양한 분야에서 서로의 요구가 넘쳐 폭발할 것처럼 끓어오르는 이때, 자신의 욕망을 챙기려는 사람들, 끊임없이 경쟁하며 본성을 잃어버린 사람들, 내 부모 내 자식 내 지인만 무사하면 남들은 어떤 피해를 보아도 상관없다는 식의 뻔뻔함이 압력밥솥 안처럼 끓고 있는 요즘.

진정 우리에게 필요한 것은 부끄러움을 아는 자세가 아닐까? 잃어버린 부끄러움을 회복하려면 인간 본성의 저 밑바닥에 순수한 물처럼 존재하는 '여러움'의 감정을 회복해야 한다.

새들이 남기고 간 말

나는 어릴 적부터 새에 관심이 많았다. 초등학교 다닐 무렵 새총을 들고 새를 잡으러 다녔고, 새들의 윤기 나는 몸과 복슬복슬한 털을 꼭 한 번 잡아서 쓰다듬어 보고, 그들의 말이 무엇인지 들어 이해하고 싶었다.

고등학교 다닐 때부터 신문 잡지에 연재되는 탐조에 관한 글을 찾아 읽다가 '흑꼬리도요'를 알게 되었다. 흑꼬리도요는 도요새의 일종으로 수십수백 마리씩 떼 지어 우리나라로 날아와서 겨울을 나고 다른 나라로 날아가는 나그네새이다. 부리는 직선으로 끝부분을 제외하고 분홍색이다. 이들이 비행할 때는 최장 열흘간 아무것도 먹지 않고 날 수 있다고 한다. 얕은 물이 고인 논이나, 강 하구, 갯벌에서 서식하며, 무리를 이루어 먹이를 찾는다. 우아하고 긴 다리의 흑꼬리도요에서 나를 본다. 도요새는 하늘 높이

나는 습성이 있어 예술가의 꿈을 심어주었다.

　도요새와 함께 나의 관심을 끈 것은 '가창오리'이다. 가창오리는 오릿과의 철새이다. 시베리아 동부 캄차카반도 지역에서 겨울이 되면 우리나라로 날아온다. 다른 오리와 다른 점은 눈을 시작점으로 얼굴에 줄이 나 있다는 점이다. 가창오리는 밀렵과 서식지 파괴로 인해 국제자연보호연맹의 취약종에 올라 있다. 우리나라에서는 수천수만 마리가 떼를 지어 유영하는데, 충남의 천수만, 전북의 금강하구, 고창 동림저수지, 경남 창원의 주남저수지 등이 유명하다. 나는 이 새를 보기 위해 여러 곳을 방문한 적이 있었다. 해 질 녘이 되자 새들이 날기 시작했다. 갈대숲 너머로 해가 지는데 새가 날아가는 하늘에 눈송이가 흩뿌리기 시작했다. 새들은 누가 보든 말든 추위를 뚫고 자신들만의 세계에서 자신들의 노래를 부르고 있었다. 새들의 군무는 생각보다 훨씬 장엄했다.

　커다란 붓 휘두르는 대숲 위 벚나무 숲 사이 갈댓잎 서걱거리는 강변 이 모든 곳이 새들의 서식처이다. 그것들은 거기서 마주 보며 웃고 머리카락 보일라 숨바꼭질하면서 재미있게 논다. 사방이 어둑어둑해지면 외적으로부터 무리를 지키기 위해 공중을 떼 지어 선회한다. 세상에 대한 두려움을 지워내며 서로에게 의지한 채 서로의 존재를 확인한다. 든든한 연대에 대한 확신은 쉽게 얻어지지 않는다. 안의 고통을 잠재우기 위해 시끄럽게 지저귄다. 시장통처럼 북적댄다. 오랜 시간 후에야 고요하다.

나는 새들보다 우월한 조건을 가지고 있는가? 일부는 그렇고, 일부는 그렇지 않다. 그럼에도 언제나 새들보다 자신 없이 살아가는 것을 보면 정말 한심스럽다는 생각이 든다. 겁이 많은 나와 비교해 보며 새들은 얼마나 용감한가 나는 새들 속에서 잃어버린 꿈의 흔적을 발견한다. 성장을 위해 위로 솟구치며 힘차게 날아오르던 희망을, 거센 바람과 자욱한 안개와 뜨거운 햇살에 맞선 의지를, 한 달, 일 년을 살아내던 인내를, 위태롭지만 무사히 강을 건너 새로운 세계로 나아 가는 용기를, 수천수만 킬로미터 비행하면서 해와 달과 별들만이 앞길 밝혀주는 고독을, 고독 끝에 얻어낸 성취를, 진정한 아름다움을 찾아낸다.

고니는 오릿과에 속하는 조류다. 한자로는 '곡鵠(고니 곡)'이 있으며, '흰 새'라는 의미의 한자어 '백조白鳥'로도 알려졌다. 오리과인 관계로 '꾸욱'을 고음 톤으로 힘차게 여러 번 반복해서 운다. 한번 울음소리를 낼 때마다 날개를 퍼덕이는 습성이 있는데 날개 펼치는 모습이 매우 아름답다. 내가 고니를 직접 본 것은 강진만이었다. 멀리서도 한 눈에 고니임을 알아차릴 정도로 크고 우아했다. 그 후 얼마 안 있어 우리나라에 조류독감이 돌기 시작했다. 이 질병이 인간의 호흡기에까지 영향을 미친다는 연구 결과가 있어, 순식간에 철새들이 멀리해야 하는 유해한 종으로 분류되었다. 게다가 이들의 배설물과 접촉한 가금류 즉, 닭과 오리들은 모조리 살처분 당해야 하는 운명을 맞고 말았다.

애지중지 기르던 수만 마리의 오리들을 자루에 담는다. 깊게 판 구덩이에 산 채로 던진다. 던져지는 서슬에 붉은 황토 구덩이에서 가까스로 새끼 몇 마리 아장아장 걸어 나온다. 오리는 맨발이다. 누군가의 희망이었고 누군가의 생계였으며 고귀한 생명인 그들을 억센 손아귀로 잡아 구덩이 속으로 다시 던진다. 별이 스친 자국과 같은 아픔이 찾아온다. 어두운 기억과 함께 깜박 잠이 든다.

새들의 불행은 새들로 끝나지 않는다. 이전에 들어보지 못한 전염병이 돌기 시작했다. 하얀 마스크 하얀 방호복 입은 사람으로 상징되는 바이러스들. 산업혁명 이후 거듭하던 경제 발전이 정체하면서 이젠 생계를 걱정하게 되었다. 죽음의 경고를 받아들여야만 한다. 하지만 사람들은 또 언제 그랬느냐는 듯이 과거를 잊는다. 지구는 위험하다. 사람들은 이 사실을 인정하고 싶어 하지 않는다.

눈 온 날 아침 좁쌀을 뿌려놓은 다음 막대기로 소쿠리를 받쳐놓고 새를 기다렸다. 새대가리란 말이 무색하게 새들도 자신의 위험은 알아차리는 법, 나의 서툰 사냥에 걸려드는 놈이 한 마리도 없었다. 새총을 만들었다. 'Y'자 형태로 뻗은 나무, 주로 탱자나무를 깎아서 거기에 고무줄과 가죽을 잇대어 줄을 묶는다. 손가락 한 마디만 한 돌을 넣고 힘껏 잡아당겼다가 놓으면 돌이 핑 날아가 새를 맞출 수 있을 거란 믿음, 그것 또한 순진한 생각에 불과했다. 새들은, 그 많은 새는 나뭇가지에 앉아서 무슨 회의라도 하는 듯 요란하다가도 내가 다가가 새총을 쏠라치면 조롱조롱 조롱하며 날아갔다. 새가 날아간 하늘은 쾌청했다. 끝없이 푸르러 어디로 갔는지 그 길을 찾을 수 없었다.

새들은 공중을 자유롭게 풀어놓는다. 풀어놓은 다음 뭐라고 지껄인다. 맘에 들지 않는 사람이 있으면 그 머리에 휙 똥을 갈긴다. 새들은 하늘을 날기 위해 뼛속 무게까지 줄인다. 울음마저 지우기 위해 짧게 소리친다. "이 땅에서 오래오래 살게 해 달라."고. 우리는 그들의 말을 들어야 한다. 들을 귀가 없다면 그들의 아름다운 춤을 방해하지 말아야 한다.

용서에 대하여

    이창동 감독의 영화 〈밀양 Secret Sunshine〉은 대한민국 영화 대상에서 최우수작품상을 수상하고, 2007년 칸 영화제 장편 경쟁 부문에 초청되었다. 그것을 계기로, 주연 배우 전도연이 한국 배우 최초로 칸 영화제 여우주연상을 수상하였다.

    이청준의 단편 「벌레 이야기」를 원작으로 한 영화는 실제 범죄를 모티브로 하고 있다. '이윤상 유괴 살인 사건'이라는 실제 범죄는, 피해 아동을 납치한 진범이 알고 보니 피해 아동이 다니던 학교의 체육 교사였다는 사실이 가져온 충격으로도 고통의 여진과 상흔을 남겼다.
    나는 이 영화를 극장에 가서 혼자 보았다. 전도연과 송강호의 눈부신 연기에 몰입하였고, 전도연이 분한 신애가 남편 송강호의 고향인 밀양에서 피아노 학원을 하는 장면을 보며 잔잔한 연민을 느꼈다. 아이가 유괴되자 당황하는 모습, 범인이 체포되어 수갑을 차고 유치장으로 가는 복도에서 그녀와 마주치지만 외면하는 장면이 기억에 남는다. 신애는 교회에 나가게 되고 기독교인들과 교제를 나누면서 용서에 대해 생각한다.

"덕분에 하나님을 알게 됐다."

"이제 행복하다."

신애는 이렇게 이야기하면서도 자신의 내적 갈등에 힘들어한다. 그러던 중 살인범을 교도소로 면회 가서 범인을 용서해 주기로 마음먹지만 도리어 살인범은 하나님을 만나 그분에게 용서받았기에 평안을 얻었다는 말을 한다. 용서의 대상인 그가 이미 하나님에게 용서를 받았다는 것이다. 그러자 신애는 절망하여 외친다.

"그 사람은 이미 용서를 받았대요."

"내가 어떻게 다시 그 사람을 용서하냐고요!"

나는 이 장면에서 눈물을 흘렸다. 내가 원했던 용서도 무너져 내리는 느낌이었다. 중학교 때 처참하게 무너졌던 폭력의 경험. 그리고 군대에서 당했던 폭력들, 초등학교 때 당했던 정신적 폭력에 대해 언젠가 복수를 꿈꾸었는데, 한 번쯤 만나 용서를 계획했었는데, 물거품이 되는 느낌이었다. 5·18 때 실종된 고등학교 동창, 고문으로 죽은 박종철 열사, 최루탄에 맞은 이한열 열사, 『민주조선』을 편집하다 경찰에 쫓겨 변사한 이철규 열사 등등 역사에 한을 품은 사람들은 도대체 누구에게 용서받는다는 말인가.

학살의 원흉 전두환 노태우 일당이 역사의 죄인이었음에도 끝내 사죄 한마디 없이 죽어버렸듯이 이 영화에서 사람들을 분노하게 한 것은 '사죄'를 해야 할 사람이 '용서'라는 단어 뒤에 숨어버리는 비겁함에 있다. 수많은 폭력은 이 '용서'라는 단어에 가려져 진상을 규명하고 응징할 기회를 상실케 한다.

용서는 상처 입은 사람, 당사자가 사용할 수 있는 마지막 수단이다. 신애는 살인범을 만나고 온 뒤의 충격으로 자해를 하고 정신병원에 입원하게 된다. 치료를 마치고 퇴원하던 날, 우연히 찾아간 미용실에서 살인범의 딸을 만나게 되고, 살인범의 딸에게 머리 손질을 맡기지만 도중에 미용실을 뛰쳐나가 자신의 집 마당에서 본인이 직접 자기 머리를 자른다.

이 영화의 제목 '밀양密陽'은 두 가지 의미를 담고 있다. 경상남도 밀양시라는 지명을 의미하기도 하고, '숨어있는 빛'이라는 의미도 가지고 있다. 즉 공간적 배경이자 주제를 함축하는 말이기도 하다. 폭력의 가해자는 가해자라는 우월한 위치에서 자신이 스스로 용서받았다고 말한다. 피해자는 가해자 앞에서 끝내 무너져 버린다. 신애에게 가장 힘든 일은 자신의 내면 상처를 들여다보는 일이었을 것이다. 끔찍한 폭력의 희생자와 그 주변 사람이 입은 상처는 누가 치료해 준단 말인가 이에 대해 영화는 밀양, 즉 '숨겨진 빛'이라는, 희미한 가능성만을 제시하고 있다.

이때 떠올릴 수 있는 것이 바로 '법'의 존재이다. 피해자가 가해자를 직접 만나 자신의 피해와 고통에 대해 이야기하고, 가해자는 피해자에게 사과하는 내용의 법은 없을까 이른바 '묻지 마 범죄'에 의한 무자비한 폭력을 다하고도 오히려 가해자를 신고했다는 이유로 보복 범죄에 두려워해야 하는 현실을 생각하면 이러한 법 제정이 불가능하지만은 않을 수도 있을 것 같은데, 피해자가 입은 회복하기 힘든 상처 치유의 방법으로 제도화해서 적용하는 방법을 찾아보아야 할 것 같다.

내가 당한 폭력은 다른 사람의 폭력에 비하면 아무것도 아닐 것이다. 그러므로 폭력 피해자의 고통을 잘 알지는 못한다. 하지만 나에게도 폭력의 경험은 끔찍한 기억으로 남아 있다. 그리고 내가 남에게 저지른 폭력의 형태에 대해 부끄러운 마음이 든다. 세상에는 여러 가지 사고에 대비하는 '보험'이라는 일종의 안전장치가 있긴 하지만, 정신적 상처와 같은 무형의 피해까지 보상받긴 힘들 수도 있다. 하지만 용서는 반드시 필요하다. 누구나 폭력의 대상이 되면, 나를 불행하게 만든 사회를 원망하며 끊임없이 괴로워하게 되어 사회에 독소처럼 퍼진다. 그 결과 피해자의 분노가 결국에는 복수로, 그 복수가 또 다른 분노로 이어질 위험성이 있다. 그 분노가 나에게 전가될 때를 염려한다.

용서는 외면적이기보다 내면적이다. 가해자 입장에서 판단해서는 안 된다. 피해자가 마음의 상처를 씻고 됐다고 할 때까지, 완전히 납득할 때까지 자세를 낮추고 기다리는 일, 결국 용서는 피해자가 자신을 받아들여 줄 때까지 노력하는 자세가 중요하다.

집

방에서 글을 쓰다가 우리나라 최초 노벨문학상 수상자
가 발표되는 순간 나는 고함을 지르며 거실로 뛰쳐나갔다.
"한강 만세!"
"한국문학 만세!"

힘들게 시인의 관을 쓰기 위해 노력해 온 내게도 위안이
되는 것 같았다. 평소 한강의 소설 애독자인지라 더욱 기
뻤다. 약 25년 전 『여수의 사랑』을 샀다. 그 뒤로 『그대의
차가운 손』『희랍어 시간』『채식주의자』『소년이 온다』
『흰』『작별하지 않는다』를 사서 읽고, 토론하고, 선물해
왔던 나는 한강 소설에 중독되었다. 그러나 어떤 소설은
마음이 너무 아파 읽다가 중단해야 했다. 그 문체가 날 후
벼 파는 듯했다. 가장 최근작인 『작별하지 않는다』는 읽
다 멈추기를 수십 번, 거의 끝까지 읽기는 했다. 반드시 읽

어야만 했다.

　최근 한강 작가가 인터뷰하던 내용 중에 '집'에 대해, 정확히는 '방'에 대해 언급한 적이 있었다. "집필의 순간, 방의 풍경을 설명해 주세요."라는 질문에 한강은
　"심장 속, 아주 작은 불꽃이 타고 있는 곳"
　"전류와 비슷한 생명의 감각이 솟아나는 곳"이라 대답했다. 나도 동의한다.
　나는 부동산에 관심이 많았다. 많았다고 해봐야 누가 집에 관해 이야기하면 솔깃, 했다는 정도에 불과하지만, 어떻게든 갖고 싶었고, 어떻게든 옮기고 싶어 전전긍긍, 직장생활 시작한 지 35년 만에 대여섯 번 이사를 다녔다. 집에 대해 울고 웃어온 세월이었다. 거칠게 부는 바람에 휩쓸린 나의 바람. 엄밀히 따져보면 물가지수의 상승률과 유사한데, 아파트가 황금알로 오해받은 까닭은 무엇일까. 아파트는 규격화된 상품과 비슷하기 때문이다. 쉽게 계량화할 수 있고 사고팔기가 쉬우며 정부가 경기부양책으로 유인하기도 쉽고 대출로 서민들의 주머니를 털기도 쉽기 때문이다.

　그런데 어느 날 공사 중이던 아파트가 무너졌다. 화정동

아이파크라는 아파트 건설 현장 고층에서 사고가 난 관계로 다수가 죽고 다쳤다. 타설 중이던 콘크리트가 굳지 않고 아래로 흘러내리면서 그사이에 갇히거나 무너지는 잔해에 깔린 것이다. 이 사건은 우리의 꿈이 얼마나 어려운 것인지, 또 얼마나 허망하게 무너질 수 있는 것인지를 잘 보여준다. 일확천금이라는 꿈을 기대하게 만든 현대판 신화 아파트가 고층을 향하여 쭉쭉 뻗어 올라가면 밥을 먹지 않아도 배가 부르고 일을 하지 않아도 굶주리지 않을 것 같은 착각에 사로잡힌다. 알고 보면 그 땅은 우리가 어릴 적에 땅따먹기 놀이를 하던 자리였다. 돌과 흙을 쌓아 무덤을 만들었던 곳이었다.

성공 신화는 깨졌다. 지난 시간을 돌아본다. 가진 것도 별로 없으면서 아파트를 동경하게 된 날, 자취와 하숙 등을 통해 남의 집을 빌려서 살았던 경험이 많았던 나로서는 곤궁하게 살았던 지난날을 보상받으려는 듯 내 집 마련의 꿈을 꾸었던 것처럼, 흡사 DNA 속에 잠재된 욕망처럼 집에 대해 집착했었나 보다. 집은 행복의 출발점이자 도착점이었다. 노래 가사에도 잊지 않은가 "즐거운 곳에서는 날 오라 하여도 내 쉴 곳은 작은 집 내 집뿐이리 내 나라 내 기쁨 길이 쉴 곳도 꽃 피고 새 우는 내 집뿐"이라는 것.

외할아버지는 대목장이었다. 아내를 잃고 홀로 되었으면서도, 남의 집을 지어주기 위해 외동딸을 데리고 타지를 떠돌았다. 외할아버지는 돌아가시고 어머니는 아버지를 만나 객지에서 신접살림을 차리게 된다. 의붓동생을 데리고 시집을 가 실컷 눈칫밥을 먹었다. 나는 외할아버지가 지은 집을 본 적은 없다. 그런데 상상은 가능하다. 나무로 지었을 것 같고 따뜻했을 것 같다. 어느 장맛비 내리는 날 나는 골방에 처박혀 낮잠을 실컷 잔다. 꿈속에서 사람들은 잔칫날처럼 북적였다. 함께 모여 지지고 볶고, 볶고 지지고 참으로 고소하고 맛있는 냄새가 퍼진다.

"진정한 의미의 집은 어디 있나?"

허공에 매달려 바람에 흔들리는 아파트는 편의성을 앞세운 임시 거처다. 땅에 굳건하게 발 딛고 있는 집이 진짜 집이다. 할아버지가 꿈꾸던 집, 태어난 곳에서 죽고, 죽은 곳에서 또 다른 후손이 태어나고.

시골 뒷마당에는 우물이 있었다. 나는 그 우물에 붕어를 집어넣고 날마다 붕어를 보러 갔는데 붕어는 좀처럼 자라지 않는 것처럼 보였다. 어느 해 겨울 지나 봄이 될 무렵 수인성 전염병을 예방한다는 취지로 소독약을 나누어주었고 학교 갔다 온 사이에 우물에 푼 소독약 때문에 물고기가 배를 드러낸 채 떠올라 있었다. 하늘을 헤엄치고, 두레박으로 구름을 떠먹던 신화는 거기서 끝났다. 그 후로 비극적인 일이 잇따라 일어났다. 할머니가 돌아가시고 지붕 위로 긴 꼬리를 단 혼불이 날아갔다. 그것이 진짜 혼불인지 별똥별인지 알 수 없지만 사람이 죽으면 혼불이 나간다고 믿었다.

꽤 오래전 나도 그런 집을 꿈꾸며 시골 마을에 집을 산 적이 있었다. 어린 자식들을 데리고 시골로 갔다. 도시 근교의 작은 집, 낮은 산자락 위에 개밥바라기별이 눈뜰 때 아이들 손잡고 개 한 마리 데리고 산책을 했다. 대문간에는 덩굴장미를 심었다. 봄이면 파란 손바닥 같은 잎, 붉은 혀 같은 꽃들이 무수히 피어나서 집을 덮었다. 화단에는 단감나무가 주렁주렁 열매를 매달았다. 아이들이 빨간 통에서 물장구를 치고 평상에서 저녁을 먹었다. 강아지를 키우며 함께 들길을 달리고. 모내기하는 들녘 가운데 자전거를 타고 지나갔고, 콤바인으로 벼 베기를 할 때는 새참을 먹었고, 벼 베어낸 논에서 연날리기를 했다. 참으로 행복한 시간들이었다. 나의 별난 취미 때문에 고생한 아내에게 새삼스레 고맙다는 생각이 든다.

영원한 정착은 없다. 우리는 결국 그 마을을 떠나야 했다. 다시 아파트를 전전한다. 언제 또 이 이곳을 떠나게 될지 나도 잘 모른다. 이제 영영 우리 집으로 돌아갈 수 없을지도 모른다. 또 다른 형태의 집을 꿈꾼다. 가상 세계에서 또 한 채의 집을 짓는다. 그것이 비록 신기루일지라도.

짓고 또 허물고 또 짓는다.
내 영혼이 편히 쉴 그곳을.

옛날 영화를 보다

옛날 영화를 다시 본다. 1970년에 이탈리아, 프랑스, 소련의 합작으로 제작되었고, 당시 우리나라에서는 공산주의 국가에서 촬영하였다는 이유로 개봉 금지되었다가 1982년에 상영된 영화다. 나는 대학교 1학년에 다니고 있었고, 〈해바라기〉를 보러 갔다.

함께 볼 사람도 없어 혼자 극장에 갔다. 영화를 혼자 본 것이 그때가 처음이라서 그런지 더 선명하게 기억난다. 액자 떼어낸 자리에 액자가 걸렸던 자국이 하얗게 비추어지는 것도. 섬세하게 신경 쓴 영화였다. 눈물 흘릴 준비가 되도록 홀가분하게 보았던 듯하다.

여자 주인공 조반나 역은 소피아 로렌, 남자 주인공 안토니오 역은 마르첼로 마스트로야니가 맡았고, 이탈리아 사람 데시카가 감독했으며, 맨시니의 주제가가 유명하다.

1941년 독일군의 소련 침공에 맞춰 히틀러는 무솔리니의 파병 제안을 수락했다. 무솔리니는 서둘러 원정군을 꾸렸다. 이탈리아군은 우크라이나 방면 독일군 남부 집단군에 배속되었다. 겨울이 닥치자 따뜻한 이탈리아반도에서 온 병사들은 추위를 이겨내지 못했다. 동사자들이 속출했다. 이탈리아군은 스탈린그라드 전투에 투입됐다. 헝가리, 루마니아군과 함께 최전선을 맡았다. 주인공 안토니오는 여기서 낙오된다. 눈밭에 쓰러져 눈 속에 파묻혀 있다가 열여덟 살 정도의 한 소녀에게 발견되어 구조되었고, 나중에 그 소녀와 결혼한다. 이 사실을 모르는 조반나는 실종된 남편을 찾아 흑백사진 한 장 들고 전선에서 실종된 남편을 찾아 헤맨다. 이 사람 저 사람에게 사진을 보여준다.

"이 사람을 아세요?"

여주인공의 애타는 모습, 끝도 없이 펼쳐지는 해바라기 밭이 떠오른다. 전쟁에서 희생된 병사들을 위한 십자가로 장식된 묘지와 해바라기 평원 근방의 교회가 나온다. 애절하게 흘러나오는 주제가. 한 할머니가 사진 속 주인공을 안다고 하면서 조반나의 남편이 살고 있는 집으로 데려간다. 그런데, 마당에서 빨래를 걷는 한 젊은 여인이 있다. 아기 기저귀가 유난히 희게 펄럭이고 주변에 사는 아이들이 기웃거린다. 마침내 남편이 사는 집을 찾았지만 앳된 아내와 아이가 있는 것을 보고 조반나는 떠나기로 결심한다. 퇴근 중인 안토니오가 내린 열차에 출발 직전 가까스로 올라 좌석에 앉자마자 손으로 얼굴을 가린 채 폭풍처럼 오열하는 조반나. 동승한 승객들이 어깨를 도닥여 주며 안타까이 바라본다. 오랜 시간이 흐른 뒤에도 왜 이 장면이 잊히지 않을까.

어쩌면 사랑은, 망각으로 가는 열차에서 가까스로 꺼내는 것이며, 마침내 다시 망각의 열차 속으로 사라져가는 것이며, 그 망각 속을 찾아 헤매다가 혼자 서럽게 울어야 하는 것이 아닐까. 아직 사랑을 잘 모르던 나이에 본 영화지만, 진실로 사랑은 이런 것이라는 것을 어렴풋이 알려주는 것 같았다. 사랑은 정말 혼자 우는 것이라는 사실을 누구나 뼈저리게 체험하지 않는가. 나 또한 누군가를 혼자 울도록 내버려 두지 않았을까 돌아보게 했다.

해바라기는 우크라이나의 국화이다. 우크라이나 국기의 색이 하늘색과 노란색인 까닭도 해바라기와 관계가 있다. 푸른 하늘을 배경으로 피어있는 노란 해바라기를 상징한다. 해바라기의 바다를 소유한 우크라이나에 러시아 푸틴이 전쟁을 일으켜 곡창지대를 빼앗으려 한다. 겨울 우크라이나에 진격하는 러시아 탱크들을 응시하다 문득 이 영화가 생각이 나서 다시 보게 되었다. 개봉한 지 40년이 넘었는데 원작의 감동이 여전했다. 주인공 조반나 역의 소피아 로렌도 90세가 넘었다. 남자 주인공 영화감독 영화음악의 주제가를 만든 이들은 이미 이 세상 사람들이 아니다.

영화를 보고 나오니 밖은 봄이 한창이다. 옛날에 영화본 날은 왕자관 영안반점 등에서 으레 중화요리를 먹었었다. 그때 함께 갔던 이들은 내 곁에 없지만 나 혼자 영화관옆 중화요리에 들러 짬뽕을 시킨다. 짬뽕의 얼큰한 국물, 양파의 매운맛을 느끼다가 문득 어머니가 생각났다. 식사후 산책길에서 만난 조팝꽃 때문일 것이다. 봄이 막 찾아오는 이 시기 솔수펑이 있는 언덕을 넘어 푸르게 돋아나는 풀을 매기 위해 아직 아기인 나를 데리고 산밭으로 오신 어머니. 어머니야말로 전쟁의 고통을 온몸으로 겪으셨고, 찌든 가난 때문에 사는 것이 전쟁이었다.

아기인 나는 조팝나무 그늘에 뉘어있다. 여린 가지 사이 하늘이 파랗고 흰 구름이 둥둥 흘러간다. 나는 눈을 찡그린다. 그 틈에 따스한 햇볕을 쐬러 나온 초록색 뱀 한 마리. 바스락 나뭇잎을 스치며 다가온다. 밭을 매다가 깜짝 놀라는 어머니. 물론 나는 그 시절을 기억하지 못한다. 원

체험처럼 아스라이 그림으로 그려질 뿐. 어떤 기억은 상상으로 완성되며, 의도적으로 왜곡되기도 한다는데, 이른 봄의 그날이 정말 있었던 것일까.

해바라기는 해를 바라보며 핀다. 해가 선회하는 각도에 맞춰 방향을 바꾼다. 활짝 피면 한 방향으로 고정한다. 영화 해바라기의 주제가를 들으면서 내가 사랑했던 모두에게, 단 한 사람인 당신에게, 해바라기의 꽃말을 들려주고 싶다.

"언제라도, 어디에서라도, 당신만을 바라보겠습니다."

동춘서커스단

    국민학생 적 누님의 손을 잡고였을까. 서커스를 보러 간 적이 있었다. 이름도 정겨운 '동춘서커스단'은 전국을 돌며 공연을 펼쳤는데 광주에 와서 얼마간 공연을 한다는 소식을 듣고 찾아간 것이다. 충장로 5가에서 지금은 주차장으로 변한 현대극장 앞 천변에 가설무대가 설치되어 있었다.

    코끼리가 죽고
    천막이 날리던 그해 겨울
    눈보라가 몰려와 가슴을 친다.
    어떻게든 살아보라고

    컬러TV의 등장으로 공연예술의 중심에서 밀려난 현실을 반영한 것이기도 하고, 이동하는 천막으로 짓는 무대가 여러 가지 제약이 있는 것은 물론 관객 동원의 어려움 등으로 인해 사양길에 접어든 때였다. 앞으로 보기 힘든 명품 공연이라는 자부심도 깔려 있었는데, 그래서 그런지 공연자들의 얼굴에 수심과 함께 각오가 깃들어 있는 듯 보였다. 옷은 낡고 언뜻 보기에도 땟자국이 묻은 듯했고 여러 행동 대사 줄이고 웃으려 할수록 우는 것 같던 표정은 안쓰러움을 불러일으켰다. 관객은 우리 일행을 포함해서 몇십 명 그나마 할머니 할아버지들이 대부분이었다. 몽골의 게르 같은 천막 입구 큰 북 맨 피에로의 얼굴이 더욱더 우스꽝스러워 보였다.

공연이 시작되었다. 나는 가슴이 두근거렸다. 입으로 불을 뿜고 접시를 스무 개 서른 개 동시에 돌리는 솜씨는 빼어났다. 미녀를 불러내어 푹푹 찌르고 칼로 토막 내는 마술도 신기하지 그네에서 키스하기 공중 돌며 포옹하기는 고난도 사랑의 방식, 하얗게 터트려지는 플래시에 질끈 감은 눈 벼랑 끝에서 승리자처럼 두 팔 벌리고 지상의 바보들을 향해 짓는 우아한 미소는 갈채를 받아야 마땅했다. 특히 공중을 자전거 타며 날아다니던 장면은 아직까지도 잊히지 않는다. 내 또래 남녀 아이들이 그 어려운 공연을 해내는 것을 보아서 더 그렇게 대단하게 느껴졌는지도 모른다.

슬픔도 키가 자라듯
　꽃향기 날리는 봄
　축제의 주인공이어야 할 그들

　이 공연을 끝으로 '동춘서커스단'이라는 이름은 주위에서 사라졌다. 당시에는 현대적이라 자부하던 현대극장이 문을 닫고, 천변 가설무대가 있던 곳도 변해서 다시 공연할 장소를 찾지 못했기 때문일까 나이 든 곡예사들은 죽고 젊은 곡예사들은 결혼하고 생업을 찾아 뿔뿔이 흩어졌겠지. 어린 곡예사들은 전망이 밝지 않은 서커스단을 떠나 어디론가 갔을 것이다. 그로부터 몇십 년 후 동춘서커스단이 돌아온다는 뉴스를 접한 적이 있었다. 중국 기예단 단원들이 들어와 공연 재개한다는 소문이 돌았으나 수많은 볼거리에 묻혀 주목받지 못했다. 나도 물론 다시 그들을 보러 가지 않았다.

　그로부터 사십여 년이 흐른 뒤 동춘서커스단이 공연한다는 소식이 다시 들렸다. 경기도 어디에 상설공연장이 만들어져 앞으로도 계속 공연을 이어간다는데 다시 보러 가고 싶은 마음도 있지만 왠지 그때만큼 강렬한 호기심은 들지 않는다. 지금 생각해 보면 그들은 참 고독했을 것 같다. 인기를 먹고 사는 공연예술이야말로 시대의 흐름에 민감할 것이 분명한데, 평생 갈고 닦았던 기능도 순식간에 문을 닫게 되는 현실이 슬프기 그지없었을 것이다.

최근 트롯대회 등 각종 경연대회의 열풍이 거세다. 여기 저기에서 사람들의 관심을 끈다. 지금의 이 열기도 이 도시에서 저 도시로 유랑하듯 다니며 공연을 펼쳤을 동춘서커스단의 공적은 아니었을까. 라이브로, 현장에서 단 한 번 공연으로 우리를 매료시키던 곡예단, 그들이 우리나라 공연예술의 역사에 큰 비중을 차지하고 있을 것임이 분명하다.

가슴에서 새가 울고
머릿속에 시냇물 흐른다.
자꾸 돌아본다. 지구상 어디쯤
꼭 있을 것만 같아서

나는 아직도 그들을 생각하면 가슴 속 한구석이 아프다. 모든 사라지는 것들이 다 애잔하지만, 어떻게든 버텨보려고 발버둥 치던 모습은 연기가 아닌 진실된 몸짓이고 제대로 한 번 살아보지 못한 우리의 지난날을 대변하는 것만 같다.

바다가 보이는 밭

밭은 마을에서 약간 떨어져 있다. 비탈을 따라 올라가면 산을 일군 밭들이 다랭이 다랭이 붙어있다. 이 밭은 우리 부모가 힘들여 개간했다. 산에 가까운 밭으로 갈 때는 나지막한 노래를 부른다.

고향 땅이 여기서 얼마나 되나 아카시아 꽃잎이
바람에 날리면 고향에도 지금쯤 뻐꾹새 울겠지

고향에 와서 고향을 그리워하다니! 그리운 것들이 다 사라져 버렸다. 밭에 피고 지는 꽃들이 사라졌기 때문이다. 자줏빛 감자꽃이 피고 파란색 녹두꽃이 피고 센 머리칼처럼 억새가 피고 흰 눈꽃이 피던 날들.

밭에서는 바다가 철썩이는 모습이 보인다. 한 조각의 손수건처럼 펼친 바다에는 여객선이 떠간다. 여객선은 긴 고동 소리를 울린다. 해변에서는 가요제가 열린다. 유명 초청 가수와 무명 가수들이 노래를 부른다. "별이 쏟아지는 해변으로 가요 해변으로 가요" 해변에는 낭만이 있고 아름다움이 있다. 내가 짝사랑하던 여학생도 반바지 차림으로 조개를 잡으러 간다. 이 모든 풍경이 나의 머릿속에 있다. 바다는 너무 멀어서 파도 소리도 고동 소리도 들리지 않는다.

우수수 쏟아지는 깨알들, 쪽빛으로 일렁이는 파도를 보며 시를 쓴다,

나 이곳을 떠나 수많은 날을 살아왔지만 저 깨
알처럼 반짝여 본 적이 있을까?

바다는 굴을 안고 있다. 수억의 시간이 퇴적해 놓은 지층 수억의 시간이 깎아놓은 해안선, 멋진 실루엣을 안고 있는 해식동굴. 해식동굴 바깥으로 지는 저녁놀, 일부러 물때를 놓친 연인들이 동굴 안에서 밤을 샜다는 소문이 돌고, 동굴 안에서 사랑을 나누었다는 심증이 물증이 되고 연인들이 만났다 헤어지는 필수코스가 되었다. 해식동굴 위로 유채꽃 핀 밭과 청보리가 자라는 밭들이 보자기처럼 펼쳐진다. 봄의 반도는 커다란 화원이다. 나는 어렸을

때 세상이 어디나 이렇게 아름다운 줄 알았다. 고향을 떠나 도시로 나가 이곳저곳 다녀본 결과 고향만큼 아름다운 곳이 많지 않았다. 그 사실을 깨닫는 데 오랜 시간이 걸리기는 했지만.

밭은 생명을 키운다. 흔히 무엇의 집산지를 일컫는 말로 '텃밭'이라는 말을 쓴다. 텃밭은 우리를 먹여 살린다. 텃밭이 풍요로워야 살림이 윤택해진다. 텃밭이야말로 삶 그 자체이다. 텃밭에서 키워서 다른 밭으로 옮긴다.

밭에서 생산되는 작물의 양은 어마어마하다. 봄부터 가을까지 온갖 종류의 식료품이 자라기 때문이다. 먹을 것을 줄여 판매를 한다. 고구마 고추 무 배추가 대표적이다. 소규모니까 유기농으로 지을 수 있고, 유기농까지는 아니라도 저농약으로 지을 수가 있다. 어머니의 말씀으로는 농약을 아예 안 쓸 수는 없다고 한다. 그래도 얼마나 했는지는 알 수 있기 때문에 밭농사가 안전하다고 믿는다.

아버지는 밭을 무척 중요시했다. 거름을 퍼부었고, 밭에서 일하다가 쇠스랑으로 발을 찍었다. 밭에선 무엇이든지 잘 자랐다. 생강 양파 토란 머위 쑥갓 마늘 고추 참외 수박 가지 수수 부추 토마토 오이 아버지가 자지러지게 기침을 할 때마다 배추꽃 무꽃은 피어 노랗고 하얗게 흐트러졌다.

자식들의 학자금이 필요했던 부모는 돈이 된다 하면 뭐든지 심었다. 그 대표적인 것이 작약과 목단이다. 그것들은 뿌리로 옮겨 심는 구근 식물인데 일하다가 다친 아버지의 발가락을 닮았다. 아버지는 그것을 심어 꽃밭을 만들어 놓고 한숨 쉬었다. 한약재로 잘 팔린다는 말에 너도나도 심다 보니 생각만큼 돈이 되지 않았던 것이다. 어느 해 봄 온 밭을 넘실거리게 홍화씨를 심었다. 불꽃처럼 황홀하게 타오르던 꽃들. 붉은 물감의 원료이기도 한 잇꽃은 정말 붉음 그 자체였다.

　나 어릴 적 보리를 베어내는데 도망가지 못하는 까투리와 알을 팔아 새 운동화를 사려던 어머니 장에 가셨다가 결국 못 팔고 돌아오셨다는 이야기를 들었다. 차창 밖을 내다보며 하염없이 눈물 훔쳤다는 이야기. 그래서일까 바다가 보이는 밭은 결핍의 이미지가 먼저 떠오른다.
　낡은 필통 속 몽당연필들 동전 몇 개 짤랑이면서 집으로 돌아오는 길, 담장에서 날린 꽃잎이 혓바닥처럼 깔릴 때 뜨거운 바람이 불기 시작했다. 덩굴장미가 피었다 질 무렵 장마가 왔다.
　"피가 부족해요."
　뱀파이어처럼 흔들리는 가시. 대지는 메마르다. 산밭은

더욱 가물다. 용지봉 위로 흰 구름이 끊임없이 넘어간다. 헬기 착륙장이 봉우리를 넘으면 새로운 세상이 열린다 했는데 먼바다 쪽에서 "어영차 영차" 노 젓는 소리 들릴 때 하늘은 구름이 부족해 비를 내린다.

하늘은 어떤 색인가

초등학교에 입학하기 전 글자를 떼었다. 셋이나 되는 누이들이 가르쳐준 덕분이었다. 추운 겨울 아침 부엌에서 군불을 땔 때다가 검정 부지깽이로 이것은 고자, 이것은 성자, 이것은 만자, 이런 식으로 이름을 쓸 줄 알게 되었다.

당시 초등학교 아니 국민학교에 입학하기 전 글자를 떼고 오는 학생은 드문 편이어서 나는 속으로 약간 우쭐했던 것 같다.

글자만 뗀 게 아니라 누이들이 가져다 놓은 책을 틈틈이 읽으면서 간단한 배경지식을 쌓아가고 있었다. 국민학교 입학식 무렵 아이들을 앉혀놓고 선생님이 시험을 치렀다. 간단한 국어, 산수 이런 것이었던 듯하다. 내 차례가 되었다. 선생님이 묻는 말에 나는 막힘없이 대답을 했다. 선생님이 약간 놀라시는 듯했다. 나는 속으로 뿌듯한 생각이 들었다.

"그러면 그렇지, 난 역시 뛰어난 학생이야!"

그런데 유독 한 문제에서 답이 막혔다. 선생님이 차례대로 색종이를 들었다.

"파란색!"

나는 대답했고 선생님은 다시 생각해 보라고 하셨다.

아무리 머리를 굴려봐도 파란색이라는 말밖에는 생각나지 않았고, 또다시 자신 있게 "파란색!"을 외쳤다. 선생님은 매우 아쉬운 표정으로 틀렸다고 말씀하셨다.

그래서 나는 무슨 색이냐고 물었다.

"하늘색!" 선생님은 대답하셨다.

나는 기가 막혔다. 이런 색이름이 있다니 하늘에 있는 색이라니, 무슨 이런 색이름이 다 있지? 그 이후로 하늘색이라는 색이 각인되었다. 누가 좋아하는 색이 뭐냐고 물으면 하늘색이라고 대답했고, 하늘색 같은 사람이 되자고 다짐하곤 했다. 그럼에도 마음속에 "하늘색이 뭐지?"라는 의문이 떠나지 않았다.

하늘색이야말로 파랑일 수도 쪽빛일 수도 물색일 수도 회색일 수도 있다는 생각이 꼬리를 물었다.

선 체험을 믿는 것은 아니지만 내 머릿속 하늘은 오히려 붉은색이다. 언젠가 아주 어렸을 적 저문 하늘을 휘감으며 오로라가 번쩍이는 것을 본 것만 같았다. 우리 옛 조상들은 오로라를 '적기' 즉, 붉은 깃발이라고 불렀다. 나는 그것이 새의 날개라고 상상해 본다. 날개 끝에 불이 붙은 새는 훨훨 날아 은하수 속으로 들어가고 그것을 따라가던 나는 하늘을 울리며 들려오는 슬픈 노랫소리를 듣는다.

하늘은 바다의 빛깔이다. 맑은 날의 바다는 어디가 하늘이고 어디가 물인지 구분이 잘 안된다. 수평선이 있지만 확연하게 구분되지 않는다. 물꽃이 피어 어른거린다. 그래서 전투기 비행사들은 바다를 하늘로 착각하고 물속을 향해 활공하는 비극이 벌어지기도 한다. 이런 현상을 '버티고 Vertigo'라 한다. 비행 시 일어나는 조종사의 비행 착각 현상인데, 해수면을 바다로 착각하는 이유는 해수면에 별 그림자가 비치기 때문이다.

바다에는 하루 두 번씩 간조와 만조가 있다. 바닷가 사람들은 이것을 '물이 쓴다'라고 말하는데, '쓴다'라는 표현은 '물이 빠진다'라는 뜻이지만 나에게는 '글씨를 쓰는' 행위로 느껴졌다. 물이 빠지고 나면 바다가 쓴 문장들이 해변에 넓게 펼쳐진다. 물의 주름이 남겨지는 것이다. 바다는 분명 물결을 통해서 무슨 말인가 하고 싶었던 듯하다. 바다의 발자국이라고나 할까 바다의 숨결이라고나 할까.

모든 생명체는 바다로부터 나왔다는 설이 있다. 지구가 생성될 때로 거슬러 올라가면 원시의 바다가 펼쳐진다. 바닷가에는 달이 떠있다. 달과 지구는 끊임없이 서로를 당겼다 놓았다 반복한다. 여자들의 생리가 달의 주기와 일치한다는 것은 이미 알려진 사실이다. 그러니까 달은 지구의 생명 탄생과 밀접한 관련을 가진다.

다시 색깔로 돌아가 보자. 하늘색은 도대체 무슨 색인가 기본적으로 파란색과 흰색을 섞어놓은 색이다. 물의 빛깔을 닮은 색이다. 남자에게 어울리는 색인가 여자에게 어울리는 색인가 원래 파란색은 남자들이 좋아하고 분홍색은 여자들이 좋아한다고 알려져 있다.

"어떻게 파란색이 따뜻할 수가 있지?"

그런 이미지를 바꿔버린 영화가 있다. 〈가장 따뜻한 색, 블루〉 아델과 엠마의 사랑 이야기. 영화를 보면 답이 나온다. 동성애를 다룬 영화이다. 레즈비언인 아델이 엠마의 파란색 머리에 반한다. 횡단보도를 건너는 순간, 예감은 그녀를 덮친다. 밝은 햇살 속 눈부신 미소와 흩날리는 파란색 머릿결. 단 한 번 눈길을 주고받았을 뿐인데, 그렇게 아델은 파란 머리 엠마에게 첫눈에 반한다. 그 뒤 아델의 머릿속은 온통 파란 머리 여인으로 가득하다.

파란색의 의미가 한 가지가 아니듯 하늘색의 정의도 시대에 따라 바뀌어야 할 것이다. 파랑도 아니고 옥색도 아니고 쪽빛도 아니고 하늘이 존재할 수 있으므로. 환경변화로 인하여 하늘의 색도 변한다. 본래 하늘의 색이 어땠는지조차 기억조차 희미하다. 미세먼지로, 뿌연 안개로, 하늘색이라는 명칭이 문제라기보다 우리나라 고유의 하늘을 되찾아야 하는 현실이 문제다.

우리의 보물 고려청자의 쪽빛이 담긴 하늘. 그 하늘이 보고 싶다.

웅덩이에 빠진 개

　강아지는 태어난 후 석 달이 지날 즈음부터 말썽이 심해진다. 사람으로 치면 미운 일곱 살쯤 되는 나이이다. 차분한 탐색에 앞서는 호기심이 왕성할 시기이다. 강아지에서 개로 변해가는 이 무렵 목줄을 매기 시작하는데, 목줄 매이기 직전 강아지는 온갖 것에 관심을 보인다.

　주막에 가신 아버지의 신발을 물고 돌아와 집에 갖다 놓거나 닭장 틈으로 기어들어가 알 낳는 닭의 날개 죽지를 물어서 부러뜨려 놓거나 모종 뿌려놓은 텃밭을 짓밟아서 어머니께 작대기로 처맞거나 그럼에도 불구하고 멈출 수 없는 호기심에 제 키보다 깊은 웅덩이에 빠져 허우적거린다. 그 속엔 분명 물고기 같은 놀잇감으로 적당한 뭔가가 있었을 것이다. 쥐, 두더지 혹은 땅강아지 무엇이라도 잡아다가 요리조리 놀리면서 즐겁게 논다.

아이들은 강아지의 상상력을 닮았다. 어른들이 위험하다고 말리는 곳에 들어가기를 좋아한다. 그곳은 약간 으슥해서 사람들의 눈에 잘 띄지 않아야 하고 막대기 돌멩이 벽돌 삽 망치 등이 널브러져 있어야 한다. 어느새 하도 많이 드나들어서 그곳으로 내려가고 올라가는 곳에 위치한 나무뿌리는 손잡이처럼 맨들맨들 닳아졌다. 어른들은, 분명히 말을 듣지 않을 것이라는 사실을 알면서도 야단치는 시늉을 한다.

"떼끼놈들, 빨리 못 나와!"

"다쳐서 울지 말고 퍼뜩!"

"그럴 정신으로 공부를 할 것이지 쯧, 쯧,"

노는 일을 향한 아이들의 열망은 쉽게 꺾이지 않는다. 나뭇가지를 엮어서 얼기설기 움막 같은 집을 짓고, 집에서 가재도구 훔쳐 와 살림을 차린다. 구덩이는 어느새 아지트가 되고, 가상의 가족이 탄생한다. 이 무리에 끼려면 상당한 양의 물질을 제공하거나 희생을 선사해야 한다. 나처럼 몸이 약한 아이는 무리에서 소외되기 쉬우므로 열심히 구애 작전을 편다. 약간의 아부 발언과 함께 중간 간부급 이웃집 형에게 찰싹 엿처럼 달라붙어 그의 수고를 대신한다. 아이들이 자란 건지 구덩이가 메워진 건지 어느새 그곳은 마침내 평평하고 밋밋한 땅이 되고야 만다.

사춘기가 지나며 몸과 정신이 부쩍 자란 나는 이번에는 여자에 관심을 보인다. 동네에서 가장 야시시한 여자를 고른다. 배경은 우리 집 마루, 시간은 초여름 한낮, 그런 내용의 소설을 읽다 낮잠에 들어 비몽사몽 중인데 아랫집 아주머니가 등장한다. 아주머니는 마치 모네가 그린 양산을 든 여인처럼 통이 넓은 치마를 입었다. 그 순간 갑자기 소나기가 내려 마당에 널어놓은 곡식이 흠뻑 젖을 위험에 처한다. 어디선가 고함이 들린다.

"고추 안 걷고 뭐 해!"

"엉큼한 녀석"

"혼 좀 나야겠어."

아주머니가 찰싹 엉덩이를 때린다. 아직도 꿈속이다. 아주머니가 귀를 잡아당긴다. 못 이긴 척 뜬 눈앞에 밭에서 돌아오신 어머니가 서 있다. 귓불이 달아오르고 부끄러움에 쥐구멍을 찾는다. 부끄러움은 금기와 관련이 있다. 금기는 '판도라의 상자'를 연상시킨다. 절대 열어보지 말라면 꼭 열어보고 싶은 심리.

판도라는 프로메테우스가 불을 훔친 것에 대해 화가 난

제우스가 준 벌이었다. 판도라는 제우스가 준 상자를 열어 버렸고 그 속에 있던 질병 슬픔 가난 전쟁 증오 등의 모든 악이 쏟아져 나왔다. 놀란 판도라는 상자를 닫았고 맨 밑에 있던 '희망'만이 상자에 남게 되었다. 그 이후로 인간들은 힘든 일을 많이 겪지만 희망을 잃지 않게 되었다고 한다. 강아지도 그랬을 것이다. 물속에서 뭔가가 노는 것을 발견하고 그것을 잡고자 하는 희망에 시달린 결과 물 쪽으로 점점 가까이 다가가다 한순간 발을 헛딛어 미끄러졌을 것이다. 죽을 위험에 처한 강아지는 자기도 모르게 헤엄을 치게 되었다. 개나 돼지가 물에 빠지면 본능적으로 허우적거려 수영하는 것을 발견할 수가 있다. 호기심은 그러니까 창조의 원천이다.

어른이 된 지금도 나는 호기심에 시달릴 때가 많다. 남들이 관심 가지지 않는 사실이 궁금하다. 예를 들어, 우리 아버지 어머니의 첫사랑이 궁금하고 그해 겨울 우리 마을에 찾아왔던 대바구니 장수의 사연이 궁금하다. 담양이 고향이라 했는데 어찌하여 그 먼 변산반도 바닷가까지 왔는지 의아하고 하필 인색하기 짝이 없는 아버지의 눈을 피해 우리 집 부엌에서 뜨거운 국에 밥을 말아 먹었는지, 지금쯤 늙어 죽었는지 살았는지 궁금하다.

산사나무 가지 사이 붉은머리오목눈이의 둥지가 보인다. 새가 둥지를 튼 나무는 가장 안정적인 나무라는 말을 어디선가 들은 적이 있다. 새의 둥지는 견고하다. 겉에는 나뭇가지 안에는 진흙으로 다져진 벽, 솜털이 푹신하게 깔린 내부. 건축공학적으로도 훌륭한 둥지는 한겨울 눈보라 한여름 폭풍우에도 안전하다.

이렇게 눈이 오는 날 새들은 어디서 겨울을 날까. 그들의 사랑은 어떤 형태로 이루어질까. 자손을 낳기 위한 짝짓기는? 호기심은 계절과 주야를 가리지 않는다. 나는 나의 호기심이 대견하다.

봄 속으로

봄이다. 봄, 하면 떠오르는 것 중의 하나가 '굿'이다. 내가 어렸을 때 당골 할미가 있었다. 어머니는 내가 아프면 당골 할미에게 데리고 갔는데 그 할미의 손이 나를 향해 다가오면 뱀의 꼬리에 닿은 것처럼 몸서리를 치며 자지러졌던 기억이 지금도 새롭다.

할미의 얼굴에는 주름이 가득했고 손에는 소주잔이 들려있었다. 입은 합죽했지만 쏘아보는 눈빛이었다. 다짜고짜 배를 주물렀다. 신기하게도 아픈 기가 사라지는 느낌이었다.

그 할미에게는 원래 내 또래의 아들이 있었다고 한다. 바다로 고기 잡으러 간 남편이 물고기 밥이 된 지 얼마 안 되었는데 아들도 병으로 잃었다고 한다. 세상의 온갖 시련을 다 겪은 표정으로 강퍅한 인생살이에서 거친 바다에 떠도는 배처럼 살아왔다고 생각된다. 그 할미에게서는 찐 보리쌀 냄새가 났다. 오랜 시간 묵어온 골목길, 술 담배 향이 섞인 그 냄새.

당골 할미의 집은 낡은 터에서 새터로 가는 길목에 있었다. 그 길목에서 바다를 바라보면 작은 섬들이 떠있는 것이 보였다. 그 섬 중의 하나가 솥뚜껑섬이다. 당골 할미는 자식이 아픈 아버지가 찾아오면 순전 바위로만 이루어진 솥뚜껑섬에 가서 약초 캐오라는 비방을 알려준다. 알려준다기보다 명령했다. 섬은 보기보다 멀어서 통통배로 삼십 분 이상이 걸렸다. 그 섬에는 뱀이 많다고 했다. 그 뱀들이 먹는 풀은 영험해서 사람을 살린다고 한다. 지금 생각해보면 그것이 양귀비 뿌리가 아닌가 싶다. 양귀비는 뿌리와 줄기 모두 아픔을 잊게 해주고 치유하는 효능이 있으므로.

얼마 전 지나가다가 우연히 굿하는 장면을 보게 되었다.

저수지에 빠져 자살한 어떤 사람의 넋을 건지려는지 둑에서부터 물까지 길게 천을 깔아놓고 한 여자가 물을 응시하고 있었다. 갑자기 꽹과리 소리가 크게 울리면서 여자가 천천히 춤을 추기 시작했다. 그녀는 춤으로 익사한 사람의 말을 대신하는 것이다.

죽음에 이르기까지 얼마나 오래 괴로워했던가 어떤 사

정으로 죽어야만 했는가 남겨진 사람들은 어찌 되었는가 남편은? 혹은 아내는? 아이들은? 부모는? 형제간은? 가장 미안한 사람은 누구이며, 못다 한 말은 무엇인가 무녀는 망자와 한 몸이다. 마침내 무녀가 물로 걸어 들어가는 장면이 보였다. 그때 저수지 옆 기슭에서 매캐한 연기가 난다. 불꽃이 보인다. 불은 모든 것을 집어삼킬 듯 타오른다. '산일' 하는 사람들이 이리 뛰고 저리 뛰고 소화기를 가져온다. 자욱한 봄날, 한바탕 야단법석, 불꽃은 사람들의 손길을 피해 논둑과 제방 뚝, 산기슭을 날름거리고 있었다.

불길이 잦아들면서 잿빛 연기가 사방을 덮었다. 굿을 하던 무녀 일행이 어느 틈엔가 사라지고 없다.

봄, 하면 대표적인 풍경 중의 하나가 소풍이다. 사는 일에 팍팍하여 문득 하늘을 바라보면 에메랄드빛 구름이 흘러가고 문득 '아 나는 참 오래 잊고 있었구나.' 생각 끝 아름답고 설레는 상념에 젖어 잠깐이나마 '소풍'을 떠올린다. 그러나 요즘 학생들은 삭막한 도심을 벗어나지 못한다. 놀이공원, 박물관, 영화관 등이 대표적인 소풍 장소인데, 그런 가운데 무등산이라는 어머니 같은 품 가까이 위치한 광주는 축복받은 도시이다. 산길을 걷다 보면 풀꽃들을 만났다.

"제발 봐주세요!"

스마트폰을 들이대면

"당신이 최고!"라고 외치는 풀꽃들

어찌 대견하지 않겠는가 바야흐로 봄이다. 주르륵 물이 흐를 것 같이 물오른 풍경 속에 나를 밀어 넣어본다.

"포기하자!"

놓아버리면 세상은 다르게 보인다. 뿌연 빗속으로 몰려오는 폭염의 군단도 두렵지 않다. 후텁지근 더위 속에서 피어나는 꽃들이 보인다.

엉겅퀴, 수국, 참나리, 산수국, 원추리…….

기다리건 기다리지 않건 여름은 짙은 향기와 더불어 내게 찾아와 그 자태를 뽐낸다. 나는 별 무리를 찾아 은하수 속으로 들어간다.

영광 양반 이야기

    보리밭은 바다로 가는 길섶에 있었다. 흰 눈 속에서도 보리는 푸르다. 눈이 보리의 이불 역할을 해주기 때문이다. 서해 변산반도는 눈이 많았고, 보리가 어릴 때는 흰 눈에 덮여있는 날이 많았다. 눈이 많이 올수록 보리는 잘 자라 따뜻한 봄바람과 함께 갈색 언덕을 푸르게 채색했다.

    성천 포구 근처 외딴 마을의 집이었다. 지긋지긋하게도 가난하여 먹을 것을 제대로 먹지 못한 일가족, 그 집엔 내외와 아들 형제가 살았는데 겨우내 뭇국이나 무채 혹은 나물죽을 많이 먹어 희멀겋게 비쩍 마른 얼굴로 양지바른 담 밑에 나와 앉아있곤 했다. 배고픈 날 복국을 먹고 중독이 되는 사고가 일어났다. 남편 영광 양반의 말이 어눌해졌고, 아내 영광떡은 끝내 이 세상 사람이 아니게 되어버렸다. 누렇게 뜬 얼굴로 장례 치를 비용 얻으러 다니던 영광 양반에겐 얼룩덜룩 푸른 보리 빛깔의 흔적이 남아 있었다.

장례식이 있던 날 사람들 몇몇이 가서 상여를 들었는데, 바닷가 보리밭에 만장이 앞서고, 상여가 따라오고 복만이 아버지 구슬픈 목소리가 생각난다. 장례식은 하나의 축제였다. 상여는 가다, 서다를 반복했으며, 한번 설 때마다 노잣돈이나마 챙겨줘야 다시 일어서곤 했다. 마을에서 밥술깨나 뜬다는 사람들이 상여 앞 새끼줄에 지폐 한두 장 걸었던 것이 어렴풋이 기억난다. 푸른 보리밭의 빛깔과 상여의 울긋불긋한 빛깔은 대조적이면서도 잘 어우러진 그림 같았다.

복어의 독에서 빠져나온 영광 양반 큰아들 '방구쟁이', 언제나 굶주렸기 때문에 껄떡댄 만큼 방귀 뀌는 힘도 대단해서 아무 때나 어디에서나 뿡뿡거리는 버릇이 있었다. 영광 양반 둘째 아들은 '동네 개', 개처럼 동네를 마구 돌아다녀서 생긴 별명인 듯하다. 이런 별명 때문일까 형제는 일찍 서울로 올라가서 음식점 사장이 되었다는 소식이 전해졌고, 방구쟁이네 아버지 영광 양반은 새로운 아주머니를 만나 살림을 차렸는데, 그이는 자연스럽게 또 다른 영광떡으로 불리기 시작했다.

보리밭에서는 보리피리를 만든다. 몇 번 비가 오고 보리가 쑥 올라오면 아직 쇠지 않은 모가지를 뽑아 위에서 두마디쯤 껍질을 벗긴 다음 손톱으로 칼자국을 낸다. 보리피리 삑삑거리면서 '보리밭 사잇길' 노래를 부른다. 보리밭 사잇길에서 사진을 찍는다. 저 언덕 어디쯤에선 보리개떡 익는 냄새가 난다. 보리개떡은 쉽게 배가 부른다. 올해도 보리는 어김없이 잘 자라고 있을 것이다.

성천 포구를 지나면 바다로 가는 길이다. 예전 이곳에 해안 경비대가 있었다. 해안을 지키는 군인들을 전투경찰이라 불렀는데 현역 군인이자 경찰들이었다. 이렇게 외진 바닷가 벽촌에 배치받은 이들은 어떨 때 한 번씩 몰려나와 마을에서 술판을 벌이기도 했고, 그 부대 소속의 젊은 군인은 마을에서 신혼살림을 차리기도 했다. 우리 집 아랫방에 전투경찰인 남편과 긴 머리의 여자가 살았다. 평소에는 사이가 좋았지만 한 번씩 우당탕 소리가 나면서 여자는 끈질기게 울었다. 밤새 그치지 않았다.

나는 어리다는 핑계로 그 집을 기웃거렸는데 어떤 때는 젊은 여자가 과자를 쥐어 주기도 했고, 방으로 들어오라고 해서 잠깐 머물다 나오기도 했다. 방에서는 향긋한 냄새가 났다. 아마도 비누나 화장품 냄새였던 듯하다.

"착하고 이쁜 여자와 사는 사람은 얼마나 좋을까!"

만남에는 반드시 이별이 따르는 법, 우리 집을 떠나 경기도 어디로 떠난 그 부부를 우리 누이가 만난 적이 있다고 한다. 횡단보도에서 잠깐 마주쳤으므로 잘살고 있는지 못 살고 있는지 자세한 이야기는 듣지 못했지만.

산을 넘어 바다로 내려가는 비탈에 산발리라는 마을이 있었다. 산발리 사람들은 바닷가에 거의 닿아 있는 언덕 비탈에서 염소를 키우거나 조각 밭을 일구며 살았다. 산발리에 사는 내 친구는 열다섯에 배를 타고 고기잡이를 나갔고, 성천 마을에 살던 친구는 열일곱에 배를 따라가다 물에 빠져 돌아오지 못했다. 산발리는 멀다. 내 친구를 찾아갔던 산발리의 집은 블록이라 불리는 벽돌로 얼기설기 얽어놓은 것처럼 지었는데 어느 해 가을 치매 걸린 할머니가 나를 보더니 마루에 앉히며 머리를 쓰다듬어 주었다.

"뉘 집 자식이냐 고놈 참."

친구가 결석을 해서 어떤 상황인지 보려고 했는데 친구와 가족들은 밭일을 나갔는지 물일을 나갔는지 만나지 못했다. 그 집 뒤뜰에 은빛 멸치가 마르고 있었다. 약간 비릿한 냄새가 났다. 집 뒤로는 시누대가 빙 둘러쳐져 바람 불 때마다 우수수 빗방울 떨어지는 소리가 났다. 나중에 찾아가 보니 집은 온데간데없고 정적만이 나를 감쌌다. 그래서 나는 지금도 그 집을 생각하면 진짜 갔었는지 가지 않았었는지조차 아득하다.

산발리에서 채석강 쪽으로 계속 가다보면 유티미가 나오고, 반월 리가 나오고, 선사시대 폐총이 있는 죽막이 나온다. 바다 쪽을 건너다보면 새우가 웅크린 모양의 섬이 보인다. 하섬이다. 어릴 적 하섬은 해산물 천지였다. 한 달 두어 번 모세의 기적처럼 물이 빠질 때 걸어서 갈 수 있었던 모랫등, 자갈이 깔린 잿등에는 바지락 소라 꽃게 등이 널려있었다. 그것을 잡기 위해 빈 비료 자루에 바람을 넣어 그것을 타고 물을 건넜는데 초등학교 4학년 때쯤 친구들과 급류에 휘말린 나는 허우적거리게 되었다. 친구들도 모두 조무래기들이었으므로 누가 누구를 건져줄 형편이 되지 못했다. 우리들 전부 혹은 일부는 죽을 수 있는 절박한 상황에서 백합을 잡기 위해 소를 끌고 와 갯벌을 쟁기질하던 어른이 달려와 구해주었다.

"죽는 것이 이런 것인가!"
물을 한참 들이마신 나는 문득 이런 생각이 들었다. 내가 만약 죽었더라면? 우리 가족은? 딸 다섯에 아들 하나

낳은 우리 어머니는? 꼬리에 꼬리를 무는 생각들은 죽지 않았다는 것에서 멈추고 푸르게 흘러가는 구름이 보였다. 허우적거리는 순간 내 귀에 난타하던 종소리는 어떤 의미였을까? 성당의 종소리가 여기까지 들릴 리는 없었고, 신비롭기만 했다. 하섬 안의 원불교 수련원에서 물이 들어오고 빠질 때 타종한다는 것을 알게 되었지만, 언젠가 운명이 다할 때 따라 가야할 소리처럼 들렸다.

어린 나이에 영광 양반을 보며 살아가야 할 이유를 깨닫게 되었고, 그의 집이 있던 바닷가에서 죽음에 대한 깨달음을 얻게 되었다.

'첫' 자 들어가는 것들의 아련함

세상 모든 '첫'이라는 글자가 들어가는 것은 아련한 추억을 남긴다.

첫눈 내린 날 아침 아무도 밟지 않은 길을 걸을 때 누군가에게 전하고픈 마음이 드는 것은 어쩔 수 없듯이, 눈은 순백으로 아무것도 요구하지 않는 몸짓으로 세상의 모든 찌꺼기 덮어버린다. 공원의 잔디, 어린이놀이터의 그네, 이웃집 담, 몇 번 열린 적 없는 창문가, 히말라야시다의 척척 늘어진 가지에 소리 없이 눈이 쌓이는 풍경을 보는 일은 그동안 힘들게 살아왔던 시간에 대한 보상인 듯하다.

고향을 떠나 도시로 가는 첫새벽 첫차를 타기 위해 서두른다. 설레느라 밥도 제대로 먹지 못한 상태에서 일찍부터 걱정 반 기대 반 무거운 표정으로 종종거리다가 가겟집 처마 밑에서 손 흔들던 어머니. 굽이굽이 산길 지나 바닷가 따라 힘겹지만 굳센 모습으로 눈보라 헤쳐나가는 버스에 앉아 뽀얗게 흐려지면 닦고 또 닦고 스쳐가는 풍경에 눈을 고정한 채 앞으로 다가올 미래 그려보던 날.

그랬을 것이다.

꽃샘추위와 함께 한 등굣길이었을 것이다. 물론 기억하지 못하겠지만 나는 너를 처음 보았을 것이다. 이마를 약간 찡그렸던 것 같기도 하고, 무표정이었던 것 같기도 하고, 내게는 눈길 한 번 건네지 않은 채 앞을 향하여 발길 내딛던 너에게 빼앗긴 첫 마음. 호기심과 두려움이 반반인 감정. 사람들은 이러한 감정을 첫사랑이라 부른다. 이름만 들어도 환한 빛이 쏟아져 내려오는 감각. 오랜 시간 후 그 기억조차 희미해질 때 늘상 바쁘다는 핑계로 이십 년 혹은 삼십 년 후 갑자기 만난 친구들끼리 더듬어보는 기억은 어느 곳인가는 희미하게 바래어 있고 어느 곳인가는 완전히 지워져 버렸다는 사실을 발견하게 되는 놀라움.

아무리 기억력이 좋은 사람도 과거의 순간순간을 다 기억하진 못한다. 세상에서 가장 성능이 좋은 카메라가 나온다 한들 우리가 살아왔던 모든 시간을 기록하지 못하는 것처럼 기억은 자신의 편집에 의해 변형된다. 편집자는 기억 속에 욕망을 불어넣는다. 어떤 부분은 현실의 감정까지 이입시켜 재구성하기도 하고 어떤 부분은 있던 감정까지 삭제하거나 구부린다. 그런 의미에서 사실은 온전한 그대로 존재하지 않는다. 그저 자신이 본 것을 구성한 것일 뿐. 진실은 진실하다고 기억하는 사람에 의해 정의된다. 그렇다고 믿으면 그렇고, 그렇다고 믿지 않으면 그렇지 않다.

오랫동안 함께하다가 헤어진 연인, 친구들이 다시 만나면 각자 다른 이야기를 한다. 자신이 가장 기뻤으며 힘들었던 부분을 이야기하면 상대는 그것과 다른 사실을 이야기한다.

예를 들어, 연인들이 여행 가서 싸웠는데 어느 지점이 자신을 화나게 했는지, 헤어짐의 빌미를 제공했는지, 헤어지자고 말한 쪽은 분명히 기억하지 못하는데 헤어짐을 당한 사람은 그 상황을 똑똑히 기억한다. 아이스크림 먹을까 말까, 걸어갈까 차를 탈까와 같은 다툼에도 서운함이 끼어들 여지는 많다. 각각 다른 이유로 서로를 다르게 기억한다. 누구나 다른 사람을 통해서 건네 들은 말에 몹시 심하게 상처를 입고 웅크리게 되는 경험이 있다. 오랜 시간 지난 후 기억의 퍼즐을 맞춰보면 신기하게 들어 맞는 경우도 있고, 어딘가 접혀있거나 누락되어 있어 별 의미가 없어져 버리는 경우도 있다.

시간이 약이라는 말이 있다.

이 말은 좋은 의미이기도 하고 나쁜 의미이기도 하다. 아름드리나무가 아주 작았을 때 껍질 부근에 상처를 입으면 어릴 때는 제법 티가 나다가도 몇십 년이 지난 후에는 어느 곳이었나 찾기 힘들 정도 흔적이 사라지기도 한다. 상처의 가해자 입장에서는 흔적 없이 사라진 것이 다행이라 할 수 있지만, 피해자 입장에서는 그 상처를 지우는 동안 벌을 받았을 터, 가해자와 피해자, 이 말만큼 조화롭지 않은 말이 또 있을까 내게도 그런 경험이 많다. 선생으로서 학생들을 가르칠 때 퍼부었던 말들.

"왜 못 알아먹니?"

"너 잘되라고!"

"어째 그 모양이냐"

"한심하군."

만약 녹음기가 있어 내가 했던 말을 되돌려 듣는다면 가히 잠을 이룰 수 없을 것이다. 그때로는 절대로 돌아갈 수 없다. 모든 경우를 다 기억하지 못하는 편리함이란. 상처는 시간이 지나면 잊히지만 그때 받았던 충격은 완전히 없어지지 않는다. 내가 사랑했던 많은 것들에게 외면받았던 상처를 나는 쉽게 잊지 못한다. 나는 내 상처를 쉽게 잊지 못하면서 왜 남에게 주었던 상처는 쉽게 기억하지 못하는 것일까.

기억은 왜곡된다지만, '첫' 자 들어가는 것에 대한 기억은 비교적 왜곡이 적은 편이다. 왜냐하면 그 부분이 워낙 강렬하게 각인되기 때문에.

조류는 태어나서 처음 본 것을 쫓아다니는 습성이 있다. 이것을 '인상붙이기'라 하는데 수천수만 마리의 오리들이 사육사를 따라다니는 원리이다. 만약 시베리아에서 여름을 나는 철새들이 막 부화했을 때, 시베리아의 불곰을 본다면 그 곰을 평생 따라다닐 것이다. 물론 조류들은 아무도 없는 늪지대나 갈대숲에서 알을 부화시켜 키우기 때문에 상상과 같은 일이 현실로 일어날 가능성은 거의 없다, 사람은 조류가 아니다. 그러나 '첫'이라는 글자가 들어있는 경험은 조류와 비슷한 결과를 낳는다. 조류가 아닌 사람도 생애 중 처음 본 것에 시선이 고정되는 경향이 있다.

처음 본 것에 시선이 고정되는 것은 때로 매우 위험하다. 그것의 절대적 힘을 발휘하게 된다. 고향 음식 사상 관념

등 십 대에 만나 시선이 고정되어 오늘날까지 벗어나지 못하는 것도 이와 유사하다.

시는 내게 첫사랑처럼 부드러운 것이지만 숨 쉬는 데 필요한 공기와 같은 것은 아니다. 첫사랑은 위대하지만 모든 사랑은 아니다. 처음은 처음의 경험으로 충분하다. 하지만 '첫'은 씨앗을 발아하고 움을 키워내는 계기가 된다.

첫눈 내린 날 아침, 자신의 지난날을 바라보며 새로운 계획을 수립하게 되는 것처럼.